葉月奏太

癒しの湯
仲居さんのおもいやり

実業之日本社

実業之日本社文庫

癒しの湯　仲居さんのおもいやり　目次

第一章　湯けむり小町

1

まるで鉄球《てっきゅう》をくくりつけられたように足が重い。それでも、ひたすら歩きつづける。

いったい、何時間経《た》ったのだろうか。

腕時計に視線を落とすと、もうすぐ午後二時になるところだ。札幌《さっぽろ》のアパートを出たのは、まだ日が昇る前だった。ということは、かれこれ八時間は歩いたことになる。

(逃げるんだ……少しでも遠くに……)

杉谷秀雄《すぎやひでお》は自分に言い聞かせて足を動かしつづける。

疲労が蓄積しているが、休んでいる暇はない。やつらに捕まったら最後だ。どんな目に遭わされるか、わかったものではなかった。

荷物はボストンバッグひとつだけで、夢も希望も持ち合わせていない。胸にあるのは絶望だけだ。しかし、焦げ茶の牛革製ボストンバッグには、一千万円の現金が入っていた。

とうに街を抜けて、周囲には建物がほとんど見当たらない。ただ手つかずの森だけがひろがっている。しかし、国道沿いの歩道なので交通量は多い。秀雄はダウンジャケットのフードをかぶり、顔をうつむかせて歩いた。

十二月に入り、札幌の気温はどんどんさがっている。

ここ数日、雪がぱらつくこともあるが、まだ積もってはいない。昼間の日差しで雪は溶けるので、アスファルトが露出している。とはいえ、日中の最高気温がマイナスの日も増えているため、いつ根雪になってもおかしくない。

現在の気温はいったい何度だろうか。

吹き抜ける風は氷のように冷たく、まるで頬を刺すようだ。ダウンジャケットを着ていても、チノパンごしに冷気が伝わり、体が芯から冷えている。スニーカーのなかのつま先は、ほとんど感覚がなくなっていた。立ち止まれば、すぐに動けなくなってしまうだろう。

秀雄は四十二歳の会社員だ。いや、会社員だったと言ったほうが正しいかもしれない。

昨夜、秀雄は会社の金を持ち逃げした。

もともと、そんな大それたまねができるタイプではない。この年まで、なるべく波風を立てないように生きてきた。なんとなく流れに乗って、それなりにやってきたつもりだ。

実際、その生き方は成功していた。そう、今にして思えば、上手《うま》くいきすぎていた気もする。

きっと人生の運をすべて使いはたしてしまったのではないか。一歩、階段を踏みはずしたと思ったら、あっという間に奈落の底まで転げ落ちた。気づいたときには、すべてを失っていた。

勤めていた商社が倒産したのが悪夢のはじまりだった。

そのあと、再就職先を選ぶのに失敗した。ひと言で表現するならブラック企業というやつだ。生活は瞬く間に困窮して、ローンで購入したマンションを泣く泣く手放した。

金の切れ目が縁の切れ目とは、よく言ったものだ。

妻が秀雄を見切るのは早かった。どんなことがあっても、一生、守っていくと心に誓っていた。それなのに、夫婦関係がぎくしゃくしたと思ったら、あっさり三下り半を突きつけられた。

結婚したのは十年前だ。四十二歳の秀雄は、人生の約四分の一を妻と過ごしてきたことになる。だが、結婚生活は呆気《あっけ》なく幕を閉じた。

幸せだったときもある。しかし、美しい思い出は跡形もなく崩れ落ちて、どこかに消えた。あとに残ったのは虚《むな》しさだけだった。

(あの会社のせいで……)

秀雄は思わず奥歯をギリッと嚙《か》んだ。

再就職した会社を恨んでいたが、復讐《ふくしゅう》を考えていたわけではない。これまではただ悶々《もんもん》としているだけだった。しかし、昨夜はほんの出来心というか、魔が差したというか、自分でも思いがけない行動を取っていた。

会社の金庫から現金一千万円を持ち出し、アパートに逃げ帰ったのだ。

当初は経験したことのない興奮と高揚感に酔っていたが、しだいに恐怖がこみあげてきた。

きっと、すぐにバレて捕まるに違いない。

とにかく、逃げようと思った。アパートの住所は会社に知られている。自室にこもっていても捕まるのは時間の問題だ。現金とほんの少しの着替えをボストンバッグにつめて、明け方、アパートをあとにした。

まずは徒歩で札幌駅に向かった。人ごみにまぎれて列車に乗り、できるだけ遠くまで行こうと考えた。

しかし、駅が見えてきたとき、ふと思った。

いずれ会社が訴えて、警察が動き出すはずだ。無断欠勤している秀雄が、まっ先に疑われるだろう。そうなれば、駅の防犯カメラがチェックされるのではないか。さらには、街中の防犯カメラを調べるに違いない。

街全体に監視されているようなものだ。

早急に札幌を離れなければならない。だが、公共の交通機関を使えば足がつきそうだ。自家用車は売ってしまった。レンタカーを借りれば記録が残る。タクシーも同様だし、車を盗むなど以《もっ》ての外だ。

歩くしかない。とにかく、人目を避けて郊外に向かった。そして、かれこれ八時間ほど経っていた。

行く当てもなく、ひたすら歩きつづけている。恐怖から逃れることで頭がいっぱいだった。国道230号と書いてある標識を何度か見かけた。どうやら、札幌駅から南下しているらしい。

この道を進めば、やがて定山渓《じょうざんけい》温泉につくはずだ。札幌の奥座敷とも呼ばれている温泉街で、ホテルと旅館がたくさんあり、平日でも多くの観光客が訪れる人気のスポットだ。

交通量が増えてきたので、そろそろ定山渓につくのかもしれない。だが、人が多い場所は避けるべきだ。疲れがたまっているが、休憩せずに定山渓を通過したほうがいいだろう。

そのとき、スマホの着信音が鳴り響いた。

秀雄は体をビクッと震わせて立ちどまった。ダウンジャケットのポケットからスマホを取り出して確認する。画面には「黒崎《くろさき》」と表示されていた。

「くっ……」

思わずスマホを握りしめる。

黒崎というのは会社の総務課に勤務する男だ。持ち逃げがバレたのかもしれない。まだバレていないとしても、今日、秀雄が無断欠勤したことで疑われているに違いなかった。

（や、やばい……）

暑くもないのに額に汗がじんわり滲《にじ》んだ。

やがてスマホの着信音は切れたが、緊張感が途切れることはない。慌ててスマホのGPSをオフにする。もっと早くに気づくべきだった。もしかしたら、警察か会社の関係者が近くまで迫っているかもしれない。

（すでに先回りされてるんじゃ……）

そんな強迫観念に襲われる。

秀雄の動きは読まれているのではないか。そうだとすると、定山渓で待ち伏せされている可能性もある。

思わず周囲に視線をめぐらせた。このまま歩いて定山渓を通りすぎるつもりだったが、人が多い場所には近づきたくない。国道を走っている車から、やたらと見られている気がする。

戻ったほうがいいのではないか。しかし、札幌の街には至るところに防犯カメラがある。それらをすべて避けて歩くのは不可能だ。そもそも、札幌まで体力が持つとは思えない。

（これ以上は、もう……）

足が棒のようになっている。体もすっかり冷えきっていた。

午後二時をすぎたので、気温はさがっていく一方だ。北海道の冬は日暮れが早い。すでにかなり寒くなっている。このまま日が落ちれば、零下になるのは間違いない。

（どうすれば……）

悩んでいると、脇道が目に入った。

道路を挟んだ反対側だ。山のなかにつづく道らしい。木々の枝が張り出しているので目立たない。

秀雄は車が途切れるのを待ち、道路を横切った。脇道をのぞきこむと、舗装されておらず車一台がやっと通れるほどの幅しかない。頭上も木々の枝で覆われているため薄暗かった。

（行ってみるか……）

この道が最後の選択肢に思えた。

とにかく、人の目に触れたくない。この脇道の先がどうなっているのか、まったくわからない。遅かれ早かれ、秀雄は地獄の底にたたき落とされる。それまでの時間が、国道を歩くよりはいくらか延びる気がした。

脇道に足を踏み入れる。木々の枝で日光が遮られているため、薄暗いうえに空気が冷たい。気後れするが、会社の金を持ち逃げしたのだ。後戻りすれば捕まってしまう。

(ほかに道はないんだ)

緩やかな登り道をとぼとぼ進んでいく。

道には轍《わだち》ができている。車が通った跡があるのだから、この先にはなにかあるはずだ。

ゆうに三十分以上は歩いている。脚が疲れて重くなってきた。このまま遭難するのではないか。それならそれで仕方がない。そんなことを思っていると、坂を登りきって、いきなり視界が開けた。

(こ、これは……)

秀雄は思わず息を呑《の》んだ。

目の前には湖がひろがっていた。異世界に迷いこんだかと思うほど静かな空間だ。湖岸まで木々が迫っており、人の手がまったく入っていない。ボートも土産《みやげ》物屋《もの》もなく、時がとまったような自然だけがそこにあった。

道はそこで途切れており、車が転回できる広場になっている。周囲は森で、ほかに道らしい道はない。ただ森閑とした湖があるだけだ。

風がいっさいないため、湖面が鏡のように周囲の景色を映している。静謐《せいひつ》な空気に心が洗われていく気がした。

(俺は……なんてことをしたんだ)

今さらながら後悔の念が湧きあがる。

いくら会社を恨んでいるとはいえ、金を盗んだのはさすがにまずい。取り返しのつかないことをしてしまった。

すでに警察に通報されているだろう。突発的な犯行で、金庫には指紋がたくさん残っているはずだ。どう考えても逃げられるとは思えない。こうして逃げてきたが、すぐに見つけられてしまうだろう。

(どうせ、もう俺にはなにも……)

ふらふらと湖岸に歩み寄る。

すべてを失った自分に、もはや守るものなどなにもない。この世から消えたところで、悲しむ人もいなかった。

（もう、終わりにするか）

淀《よど》みのない湖面を見つめて、心のなかでつぶやいた。

このまま生きていても苦しいだけだ。それならばいっそ、自分の手で終わらせてしまったほうがいい。

この寒さだ。水に浸《つ》かれば数分で心臓がとまるだろう。仮に心臓が持ったとしても、すぐに手足が動かなくなって沈むに違いない。怖くないと言えば嘘《うそ》になるが、つらいのは一瞬だけだ。

この澄んだ湖で、人知れず命を絶つのも悪くない。最後に目にするのが、この美しい景色だったことがせめてもの慰めだ。

（じゃあな……）

無意識のうちに心のなかでつぶやいた。

いったい、誰に対して別れを告げたのだろうか。去っていった妻なのか、これまでに知り合った人たちなのか、それとも、ちっぽけな自分自身か。

「ふっ……」

思わず苦笑が漏れた。

もう、そんなことはどうでもいい。どうせ数分後には消えてなくなる命だ。今さら躊躇《ちゅうちょ》していることがおかしかった。

いったん目を閉じて、小さく息を吐き出していく。そして、湖に向かって踏み出そうとする。

「きれいですね」

ふいに女性の声が聞こえた。

清流のせせらぎを思わせる響きだ。背後に人の気配がする。いつからそこにいたのか、まったく気づかなかった。

秀雄は思わず動きをとめて立ちつくした。すると、土を踏みしめる足音がゆっくり近づいて、女性がすぐ隣に並んで立った。

「映画の世界に迷いこんだみたい……」

ひとりごとのようなつぶやきだ。

しかし、その言葉は秀雄に向けられている。自殺志願者だとわかっていて、話しかけているのだろうか。

「はじめてですか？」

そう言われて、秀雄は思わず隣に視線を向ける。

自殺しようと思ったのは、これがはじめてですか。そう問いかけられたような気がした。

「い、いや……」

かろうじて声を絞り出す。

隣に立っているのは、二十代なかばくらいの女性だった。湖よりも澄んだ瞳で見つめてくる。愛らしい顔立ちをしており、肌は雪のように白い。セミロングの黒髪が艶々と輝くさまが幻想的だ。

ファーのついた白いダウンコートを羽織り、焦げ茶のフレアスカートを穿《は》いている。足もとは黒いブーツという格好だ。

「わたしもはじめて来たときは、見とれてしまいました」

女性は微笑を浮かべると、湖に視線を向ける。

しかし、秀雄は彼女の横顔に見とれていた。もう、湖など目に入らない。先ほどまで死を覚悟していたのに、今は彼女の澄んだ瞳が気になっている。もはや視線をそらせないほど惹《ひ》かれていた。

「この湖、名前がないんです」

女性はひとりで話しつづけている。秀雄は固まったまま、うなずくことさえできずにいた。

「どうしてだと思います?」

静かに問いかけてくる。秀雄が黙っていると静寂が流れた。湖に呑みこまれそうな静寂だ。

「地元の人しか、この湖の存在を知らないんです。だから、正式な名前がつかないと聞きました」

なぜか彼女の声が心にすっと入りこんでくる。生まれ持った声質だろうか。何時間でも聞いていられる心地《ここち》よい響きだ。

「最後の湖……地元の人たちは、そう呼んでいます」

なぜ、そう呼ばれているのだろう。

疑問が湧きあがるが、彼女はそれ以上、湖について語ろうとしない。ただ遠い瞳で湖面を見つめていた。

「ここに来るたび、わたしには名前があることを思い出します。それだけでいいと思えるんです」

彼女がゆっくり向き直り、秀雄の目を見つめてくる。

鈴村彩華《すずむらあやか》、彼女はそう名乗った。澄んだ瞳に吸いこまれそうな気がして、慌てて両足に力をこめる。

「お、俺は――」

秀雄も反射的に名乗っていた。

そうするのが礼儀だと思ったが、名前を告げた直後に後悔する。自分は追われている身だ。名前を知られるのはまずかった。

（もしかしたら……）

彼女は追っ手かもしれない。

警察関係者には見えないので、会社に雇われた人間ではないか。注意深く観察するが、彩華の表情に大きな変化は見られない。秀雄の名前を聞いても、とくに反応を示さなかった。

「宿はお決まりですか？」

彩華が尋ねてくる。その瞬間、またしても疑念が湧きあがった。

「どうして、俺が泊まりだと……」

内心身構えながら聞き返す。

札幌に住んでいる人なら、定山渓は車で日帰りできる温泉だと知っている。それなのに、彼女は泊まりだと決めつけていた。それは秀雄が逃亡者だとわかっているからではないか。

「大きなバッグをお持ちなので」

彩華は柔らかい微笑を浮かべたまま、秀雄が右手にさげているボストンバッグを見つめた。

「こ、これは……」

反射的にボストンバッグを引き、彼女から遠ざける。このなかには会社から持ち逃げした現金一千万円が入っているのだ。ところが、彩華は不思議そうに首をかしげていた。

「どうかされましたか?」

純粋そうな瞳を向けられて、胸の奥がチクリと痛んだ。

「宿は、まだ……」

視線をそらしてつぶやいた。

「もう三時になりますから、そろそろ決めておいたほうがいいですよ」

「そ、そうだな……」

きっと彩華と会社は無関係だ。

疑心暗鬼になり、親切に宿の心配をしてくれた女性まで疑ってしまった。そんな自分に嫌気が差してきた。

「ご親切に、どうも……」

　申しわけない気持ちになり、早々に立ち去ろうとする。すると、再び彩華が口を開いた。

「わたし、温泉宿で仲居をしてるんです。よろしかったら、うちにお泊まりになりませんか」

　そう切り出すと、急にもじもじして頬をほんのり桜色に染めあげる。

「こんなこと言うと、なんだか宿を勧めるために話しかけたみたいですけど、違いますよ」

　照れている彩華がかわいらしい。久しぶりに人の親切に触れた気がして、心が温かくなった。

「そんなこと、思ってないよ」

　秀雄が告げると、彩華はほっとした顔をする。

「わたし、今日はお休みで山を散策していたんです」

　それで偶然、湖の畔《ほとり》に立っている秀雄を見かけたらしい。

　自分が勧めている宿を勧めるくらいだから、自殺しようとしていたことはバレていないのだろう。わかっていたら、そんな危ない客をわざわざ宿に招くと思えない。

「宿までご案内しますね」

彩華はそう言って歩き出す。

まだ泊まると決めたわけではない。だが、彼女は森のなかに入っていく。よく見ると、獣道のような細い道がつづいていた。

「ちょ、ちょっと……」

できるだけ人とかかわるべきではない。そう思いつつ、秀雄は彼女の背中を追いかけた。

2

細い道を五分ほど進むと、森が開けて平屋の建物が現れた。

北海道ではめずらしい瓦屋根で壁は白い漆喰《しっくい》だ。年季の入った建物だが、手入れはしっかりされている。周辺には雑草もなく、土が剝《む》き出しの状態だ。もう少しすれば、雪でまっ白に彩られるに違いない。

あたりから湯けむりが立ちのぼり、硫黄の匂いが漂っている。

大きめの民家のようだが、入口の上に「さん宮《みや》」と書かれた木製の看板が掲げられていた。

「こちらです。温泉宿のさん宮と言います」

彩華が微笑を浮かべて振り返る。

きっと自信を持って勧めることのできる宿なのだろう。彼女の表情から自分が勧める宿への思いが伝わってくる。なにより、湯けむりのなかで微笑《ほほえ》む彩華に惹きつけられた。

「いい感じですね」

自然とそんな言葉が溢《あふ》れ出す。

雰囲気のある温泉宿だ。定山渓といえば、ホテルや旅館がたくさん建っている温泉街がぱっと思い浮かぶ。山奥にぽつんと一軒だけある温泉宿は、イメージとはまったく違っていた。

「一日三組さま限定なんです」

彩華が弾むような声で説明してくれる。心のこもったおもてなしが売りの温泉宿だという。

「なるほど……」

秀雄は静かにうなずいた。

一日三組限定ということは、それなりの料金がするのではないか。だが、金ならある。このボストンバッグには一千万円が入っているのだ。

どうせ逃げきることはできない。そもそも生きることに執着もしていない。人生の最後に、山奥の温泉でゆっくりするのも悪くないだろう。

「部屋は空いてますか？」

「はい、もちろんです」

彩華の表情がぱっと明るくなる。その顔を見た瞬間、なぜか秀雄の心はほっこり温かくなった。

「どうぞ」

彩華が引き戸を開けてくれる。宿に足を踏み入れると、暖かい空気が全身を包んだ。

板張りの廊下が奥までつづいている。古さは感じるが、電球の光を反射するほどピカピカに磨きあげられていた。入口の横にはフロントがあるが、人影は見当たらない。

「若女将《おかみ》を呼んできますね。少々お待ちくださいませ」

彩華はブーツを脱いであがると、秀雄のためにスリッパを出してくれる。そして、足早に廊下を歩いていく。

残された秀雄はスニーカーを脱ぎながら周囲を見まわした。

よけいな装飾はいっさいない。ポスターや絵画、掛け軸や壺《つぼ》などは、なにひとつなかった。唯一フロントの小窓の横に小さな花瓶があり、ピンク色の花が一輪だけ生けてあった。

歴史を感じさせる木造の建物に、一輪だけ生けてある可憐《かれん》な花。そこにおもてなしの心を感じた。きっと知る人ぞ知る秘湯なのだろう。

(本当に泊まれるのか?)

いかにも高そうな宿だが、飛びこみ客を受け入れてくれるのだろうか。

もし断られたら湖に戻るだけだ。名もない湖で人生を終わらせる。すべてを失って自暴自棄になった男に、相応《ふさわ》しい死に方ではないか。

あの湖は地元の人たちに「最後の湖」と呼ばれているらしい。それは自殺者が多いことを示しているのではないか。秀雄のように行く当てもない者が、ふらふらとたどり着く場所なのかもしれない。

そんなことを考えていると、薄紫色の着物を纏《まと》った女性が、楚々《そそ》とした足取りでやってきた。

「いらっしゃいませ」

穏やかな微笑を浮かべた女性は、三宮香奈子《さんみやかなこ》と名乗った。

温泉宿「さん宮」の若女将だという。年のころは三十を少しすぎたくらいではないか。静かに頭をさげる所作が美しくて、思わず見惚《みと》れてしまう。黒髪を結いあげているため、白い首すじが露出しているのが色っぽい。

思わず視線をそらすと、そこには彩華が立っていた。

ダウンコートを脱いで、黒いハイネックのセーター姿になっている。セーターは身体《からだ》にフィットするデザインなので、くびれた腰の曲線だけではなく、乳房のこんもりしたまるみも浮かびあがっていた。

彩華は笑みを浮かべるだけで口を開こうとしない。若女将の少し後ろに立ち、すべてをまかせている感じだ。

「彩華ちゃんからお話はうかがいました」

香奈子が静かに語りかけてくる。黙っているわけにはいかず、秀雄は小さくうなずいた。

「急にすみません。お部屋は空いていますか」

念のため、若女将にも尋ねる。

部屋が空いていても、泊まれるとは限らない。飛びこみ客を歓迎しない宿もあるという。表向きは予約なしの客も歓迎すると謳《うた》っていても、怪しいと判断すれば追い返す宿もあるらしい。

ここで断られたらそれまでだ。とっくに覚悟はできている。こうなる運命なのだと、きっぱりあきらめるつもりだ。

「空いております。ぜひ、お泊まりください」

香奈子の穏やかな声が耳に流れこんでくる。その瞬間、秀雄は思わず大きく息を吐き出した。

（ほっとしてるのか？）

自分自身の反応に驚きを隠せない。死ぬ覚悟はできているつもりだったが、命拾いしたことで安堵《あんど》していた。とはいえ、寿命がわずかに延びただけだ。近いうちに自ら命を絶つ計画に変わりはなかった。

「では、お世話になります」

秀雄は落ち着いた声で告げた。

最後に思いきり贅沢《ぜいたく》をするつもりだ。せっかく大金を手に入れたのだから、それくらいは構わないだろう。

「宿帳にご記入をお願いできますか」

香奈子にうながされてフロントに向かう。

宿帳とペンを渡されると、ほんの一瞬、名前を書くのをためらった。だが、すでに彩華には本名を告げている。今さら偽名を使うわけにもいかず、本名とアパートの住所を書きこんだ。

（どうせ、明日には……）

捕まる前に自ら命を絶つまでだ。

秀雄が宿帳とペンを返すと、香奈子はさっと目を通して向き直った。

「お部屋にご案内いたします。お荷物をお預かりいたします」

香奈子が語りかけてくる。

とくに深い意味はないと思う。客の荷物を部屋まで運ぶのも、おもてなしの一環だろう。しかし、秀雄は神経質になっており、現金の入ったボストンバッグを誰にも触れさせたくなかった。

「いえ、大丈夫です」

さりげなく告げたつもりだが、上手くいっただろうか。だが、ボストンバッグを握る手には、無意識のうちに力が入っていた。

「こちらでございます」

香奈子が歩きはじめる。

彩華はフロントに残るらしい。そもそも彼女は休みのはずだ。廊下の隅に立ったまま、静かに頭をさげていた。

「ありがとう」

自然と感謝の言葉が溢れ出す。

これで彼女に会うのも最後かもしれない。そう思うと、今のうちに礼を言っておきたいと思った。

「こちらこそ、ありがとうございます」

彩華はにっこり微笑んだ。その笑顔が心に染み渡り、なんともせつない気持ちになってしまう。

（キミのおかげで、寿命が一日延びたよ）

心のなかでつぶやき、彼女の前を通りすぎた。

香奈子のあとをついていく。すると、長い廊下を曲がったところにある部屋に案内された。

「雪の間でございます」

引き戸を開けてなかに入る。さらに襖《ふすま》を開けると、二十畳はありそうな部屋がひろがっていた。

「おおっ……」

思わず唸《うな》るほどの広さだ。

部屋の中央にどっしりした座卓があり、ぶ厚い座布団が置いてある。座卓には電気ポットと緑茶のセットが用意されていた。壁には大画面の液晶テレビがかかっている。奥にはテーブルと椅子があり、窓から見える森の景色をゆっくり堪能《たんのう》できるようになっていた。

旅館は斜面に建っているため、森を見おろす形になっている。かなり遠くまで見渡せるので、雪が積もれば絶景になるだろう。

「こちらが寝室になっております」

香奈子が襖を開ける。

そこは十畳の寝室になっていた。居室だけでも充分すぎるほど広いのに、なんという贅沢だろうか。夕食後、係の者が布団を敷きに来るという。

風呂とトイレは独立している。それだけではなく、この部屋専用の露天風呂もあるというから驚きだ。二十四時間、人目を気にすることなく、ゆっくり湯に浸かれるという。

「いいお部屋ですね」

秀雄は座布団に腰をおろした。

ボストンバッグはすぐ脇に置いてある。現金一千万円が入っているだけではなく、これは犯罪の証拠品でもあるのだ。こんな大金を持ち歩いていることがバレたら、怪しまれるに違いない。秀雄が追われている身だと知らなくても、怪しい客がいると通報されたらお終《しま》いだ。

「ありがとうございます。当旅館は一日三組限定ということで、最上級のおもてなしをさせていただいております。なんなりとお申しつけください」

香奈子は正座をすると、淀みのない丁寧な口調で説明してくれる。

だが、こちらは逃亡者だ。秀雄は申しわけない気持ちになり、思わず視線をすっとそらした。

（どうせ、明日には……）

少なくとも親切にしてくれた宿に迷惑をかけてはならない。やはり、あの名もなき湖が最期の場所に相応しい気がした。

「裏定山渓は、はじめてですか」

「裏……定山渓？」

思わず聞き返す。

大学を卒業してから、札幌に二十年ほど住んでいる。だが、一度も聞いたことのない地名だ。

「あまり知られていませんが、このあたりは裏定山渓と呼ばれています。地図にも載っていないので、札幌の方でもご存知ない方のほうが多いと思います」

宿の宣伝はまったくしていないという。

確かに国道からの脇道には、看板も標識もいっさいなかった。脇道自体も見落としそうなほど細いのに、案内がなければ宿があることに誰も気づかない。それで経営が成り立つのだろうか。

秀雄は偶然にも脇道を見つけて、湖までとぼとぼ歩いてきた。そして、彩華が話しかけてくれたことで、この宿にたどり着いた。そういうことがなければ、新規の客が来ることは、まずないだろう。

「うちは古くからのお客さまだけでやっているので、これくらいがちょうどいいのです」

疑問に答えるように、香奈子が話してくれる。

どうやら、昔からの顧客を大切にしているらしい。老舗《しにせ》の温泉宿なら常連客がついているのだろう。

「彩華ちゃんとは湖で会ったそうですね」

「え、ええ……」

再び視線が重なり、ドキリとする。内心を見抜かれた気がして、胸の鼓動が一気に速くなった。

「わたしも、彩華ちゃんとはあの湖で出会ったのです」

「そ、そうだったんですか」

秀雄は平静を装いながら焦っていた。

湖でなにをしていたのか聞かれるかもしれない。もしかしたら、不審に思われている可能性もある。しかし、本当のことは、なにひとつ言えない。どう答えればいいのだろうか。

「湖のあたりは、とくに気温がさがります。体が冷えたのではないですか」

「ええ、まあ……」

相手の出方をうかがいながら慎重に答える。場合によっては、すぐに出ていったほうがいいかもしれない。

「では、体を温めたほうがいいですね」

香奈子はそう言って、やさしげな笑みを浮かべた。

どうやら、秀雄の体を心配していただけらしい。それなのに、秀雄は自分のことばかり考えていた。

(俺、最低だな……)

自分で自分のことがいやになる。

普段はなにもできないくせに、出来心で会社の金を持ち逃げした。すべて自分がやらかしたことだ。それなのに、親切にしてくれる人まで疑っている。そんな自分がいやでたまらなかった。

「温泉に入りますか。それとも、少し早いですが、お食事になさいますか」

香奈子が穏やかな声で語りかけてくる。

そう言われて、はじめて腹が減っていることに気がついた。逃げることで頭がいっぱいで、空腹すら感じていなかった。

「腹……減りましたね」

「かしこまりました。お部屋食になっておりますので、準備ができしだいお持ちします」

香奈子がさがり、秀雄は広い部屋でひとりきりになる。

とたんに落ち着かなくなってしまう。誰かと話しているうちは、いくらか気が紛れる。しかし、ひとりになると瞬く間に不安がこみあげた。

立ちあがり、部屋のなかをうろうろ歩きまわる。暖房はついているが、体は芯まで冷えきっているので、ダウンジャケットは着たままだ。窓際の椅子に腰をおろして、暗くなりかけている森を見やった。

（俺、なにやってるんだ……）

思わずため息が溢れ出す。

時刻は四時半をすぎたところだ。昨日のこの時間は普通に働いていた。それなのに今日は、無断欠勤して定山渓にいる。

しかし、大金を手にしたというのに羽を伸ばせないでいた。本来ならのんびりできるはずの温泉宿で、追っ手に怯《おび》えてそわそわしているのだ。そんな自分が滑稽でならなかった。

三十分ほどして、部屋の引き戸がノックされた。

「ど、どうぞ……」

反射的にボストンバッグを引き寄せると、緊張ぎみに声をかける。

「お食事をお持ちしました」

香奈子の声だ。襖がそっと開き、正座をしている香奈子が丁重に頭をさげた。

「失礼いたします」

大きな盆を手にして、室内に入ってくる。そして、料理を手早く座卓に並べていく。

「急だったものですから、品数が少なくなってしまいました。申しわけございません」

香奈子はそう言うが、料理は食べきれないほど並んでいる。

白老牛《しらおい》のすき焼き、刺身の盛り合わせ、茶碗蒸し《ちゃわん》、鯛《たい》の西京焼き、それと蟹《かに》飯に味噌《みそ》汁。これだけあれば充分だ。きちんと予約して宿泊したら、どれほど豪勢になるのだろうか。

「ご馳走《ちそう》ですよ」

秀雄は料理を見まわしてつぶやいた。

いろいろ思い悩んでいたのに、ご馳走を前にしたとたん、食べることしか考えられなくなる。そそくさと移動して、座布団に腰をおろした。

「いただきます」

味噌汁をひと口飲むと、腹のなかから体が温まっていく。牛肉は口のなかで蕩《とろ》けるようで、刺身は新鮮でプリプリしている。箸がとまらなくなり、夢中になって料理を口に運んだ。

「お代わりはいかがですか」

声をかけられてはっとする。そこに香奈子がいることも忘れて、ガツガツ食べていた。

「い、いえ……し、失礼しました」

「よほど、お腹《なか》が空《す》いてらしたのですね」

香奈子の表情はどこまでもやさしい。労《いたわ》るような視線を向けられて、秀雄は思わず顔をそむけた。

(俺が、犯罪者だって知ったら……)

きっと軽蔑されるに違いない。

絶対に知られたくないという思いがこみあげる。恥じらうくらいなら、どうしてあんなことをしたのだろう。自分でもわからない。ただ後悔の念だけが胸にひろがり、秀雄の心を蝕《むしば》んでいた。

「お食事をおさげします。ごゆっくりなさってください。あとで布団を敷きに参りますので――」

香奈子の言葉がなにも頭に入ってこない。

目を合わせることもできず、秀雄はむっつり黙りこんだ。

やがて、香奈子が静かに去っていく。秀雄は罪悪感と自己嫌悪にまみれながら、窓の外に視線を向けていた。

3

秀雄はひとりになり、しばらくぼんやりしていたが、せっかくなので露天風呂に入ることにした。

内風呂の奥にあるドアを開けると、竹垣に囲まれた空間になっている。足もとは平らな岩が敷きつめられており、奥に岩風呂が設置されていた。大人が二、三人はゆうに入れる広さだ。

日が暮れているため、かなり冷える。木の桶《おけ》でかけ湯をすると、すぐに湯船のなかに体を沈めた。

「おおっ……」

思わず低い声が漏れる。

少し熱めの湯が気持ちいい。手足の指先がジンジン痺《しび》れて痛いくらいだ。芯まで冷えきっていた体は、まだ回復していなかったらしい。じんわり温まっていくのがわかり、温泉のありがたみが骨身に沁《し》みた。

源泉掛け流しの温泉だ。湯船を形作っている岩の一部に注ぎ口があり、新しい湯が絶えず流れ落ちている。湯の弾《はじ》ける音が心地いい。肩まで湯に浸かり、大きな岩に寄りかかる。

冬の夜空を見あげれば、無数の星が瞬いていた。

白いなにかがチラチラしている。頬に冷たい物が触れて、雪が舞っているのだと気がついた。

（そろそろ、積もるかもしれないな……）

このあたりは雪に埋もれたら美しいに違いない。星ももっときれいに見えるのではないか。

しかし、すぐに思考は現実に戻ってしまう。

一千万円を手に入れたが、もう自分に未来はない。どうせ使いきれないのだから、どこか有効に使ってくれるところに寄付するのはどうだろうか。いい考えだと思ったが、盗んだ金を寄付するのも違う気がした。

そんなことを悶々と考えていたときだった。

カタッ――。

どこかで小さな音が聞こえた。

（なんだ、今のは……）

考えたのは一瞬だけだった。

すぐにボストンバッグのことが脳裏に浮かんだ。秀雄は慌てて湯船から飛び出すと、腰にタオルを巻きつけて内湯に戻る。さらに体を拭くことなく脱衣所を通過して、勢いのまま部屋へと向かった。

「誰だっ」

思わず声が大きくなる。

誰かの背中が見えた。寝室の襖を開け放ち、しゃがみこんでいる。秀雄の剣幕に驚いたのか、肩をビクッと震わせて振り返った。

「な、仲居です」

震える声の主は彩華だ。

今日は休みだと言っていたのに、なぜか臙脂《えんじ》色の作務衣を着て、瞳に怯えの色を浮かべていた。

「どうして、キミが……」

秀雄は困惑して立ちつくす。

彩華を信用していた。心やさしい親切な女性だと思ったから、案内されるまま宿までついてきた。それなのに、許可なく部屋に入り、いったいなにをしているのだろうか。

（まさか……）

いやな予感がこみあげる。

彩華は会社のまわし者ではないか。すでに秀雄の居場所は会社にバレていたのかもしれない。

「杉谷さんを紹介したから……若女将のお手伝いをしようと……」

彩華は瞳に涙をためながらも説明する。急に忙しくなったので、急遽《きゅうきょ》、自らの意志で出勤したらしい。

「ここで、なにを？」

疑う気持ちを拭いきれず、秀雄はさらに質問を重ねていく。

「お布団を敷きに……ノックしてもお返事がなかったので……」

彩華が消え入りそうな声でつぶやいた。

その言葉で、はっと我に返る。食事のあと布団を敷きに来ると、香奈子が説明していた。ぼんやりしていたのできちんと聞いていなかったが、客が部屋にいない場合は合鍵で入ると言っていた気がする。

「そうか、布団か……」

秀雄は小さく息を吐き出した。

チラリと部屋の隅を見れば、ボストンバッグが置いてある。秀雄が風呂に入る前と同じ状態だ。

彩華は敷き布団を出して、シーツを手にしている。

彼女が声をかけてくれなければ、今ごろ秀雄は命を絶っていた。ひとりで湖の畔にたたずんでいる秀雄を見かけて、親切に宿を紹介してくれたのだ。そんな彩華が、あの会社のまわし者であるはずがなかった。

「物音がしたから、つい……すまなかった」

秀雄は謝罪して頭をさげた。

（俺、最低だな……）

またしても自己嫌悪が湧きあがる。

すっかり人を信用できなくなっていた。そんな自分が許せない。だが、一方で投げやりな気持ちもふくらんでいく。

(なにをビクビクしてるんだ……)

思わず腹のなかで吐き捨てる。

どうせ明日には自ら命を絶つつもりだ。それなら、人からどう思われようと関係ないではないか。それなのに、犯罪者だとバレることを気にしている。なにを今さら格好つけているのだろうか。

(まだ、未練があるのか……)

覚悟できているつもりでいたが、心が揺れているのかもしれない。

会社の金を持ち逃げしたことを後悔している。だが、今さらなかったことにはできない。出来心とはいえ、犯罪に手を染めてしまった。逃げられるとは思っていない。遅かれ早かれ捕まる運命だ。

「あの……」

彩華の遠慮がちな声が、秀雄の思考を断ち切った。

しかし、彼女はそれ以上、なにも言わない。ただ黙って秀雄のことを見つめていた。

「悪かった……」

怒鳴りつけたことに対する無言の抗議だと思った。

秀雄が頭をさげると、彩華は頬の筋肉をひきつらせて顔を左右に振る。こんな謝罪の仕方では許せないということだろうか。

「本当にすまなかった」

深々と腰を折って謝罪する。

「違うんです。そうじゃなくて……」

彩華はなにやら慌てている。何ごとかと思って顔をあげると、彼女の頬がまっ赤に染まっていた。

「あ、あの、服を……」

遠慮がちな声だった。

そして、彩華は困惑した様子で、視線をゆっくりさげていく。やがて、彼女の瞳は、秀雄の下半身へと向いていた。

「あっ……」

つられて下を見たとき、我が目を疑った。

腰に巻きつけていたタオルが、畳の上に落ちている。いったい、いつ取れてしまったのだろうか。ペニスが剝き出しの状態になっており、体の動きに合わせて揺れていた。

勘違いして怒鳴ったときも、ペニスがブラブラ揺れていたとしたら、これほど滑稽なことはない。

「ちょ、ちょっと、ごめん……」

秀雄は慌てて脱衣所に戻り、体を拭いて備えつけの浴衣《ゆかた》を羽織った。

失敗に失敗を重ねて、情けなさに拍車がかかる。逃げ出したいところだが、そういうわけにもいかず部屋に戻った。

「お待たせしました。お布団の準備ができました」

彩華が笑顔で迎えてくれる。

きれいに敷いた布団の横にきちんと正座をして、秀雄が戻ってくるのを待っていた。何ごともなかったように背すじをすっと伸ばしている。きっと客に気を使わせまいと、無理をしているに違いない。

「本当に申しわけなかった」

もう一度、秀雄はきちんと謝罪した。

頭をさげると彩華が気を使ってしまうのはわかっている。だが、全面的に自分が悪いのだから、謝らずにはいられなかった。

「親切にしてもらって、そのうえ気を使ってもらったのに……」

「杉谷さんは、いい方ですね」

彩華が力をふっと抜き、柔らかい笑みを浮かべる。

目を細めた表情が、秀雄の心を揺さぶった。仕事で愛想を振りまいているのではなく、心から微笑んでいる気がした。

「わたし、自分で言うのもなんですけど、人を見る目はあるんです」

「いや、俺なんて……」

即座に否定する。

いい人が会社の金を持ち逃げするはずがない。自分が悪人だということは、なにより自分自身がよくわかっていた。

「湖でお会いしたときにピンと来たんです」

「ピンと来た？」

秀雄は布団に腰をおろして胡座《あぐら》をかく。すると、正座をしていた彩華が、身体をこちらに向けた。

「背中を見て、この人はいい人だって」

「そんなこと――」

「わかるんです。子供は父親の背中を見て育つって言うじゃないですか。職人は背中で語るみたいだし。きっと、その人の生きざまみたいなのが背中に出ると思うんです」

そう言われると、そんな気もしてくる。彩華の勢いに押されて、秀雄は思わず黙りこんだ。

「なんて偉そうに言ってますけど、今のは若女将の受け売りです」

彩華はピンク色の舌をチロッと覗《のぞ》かせて笑った。

「若女将はまだ若いのに、人をよく見てるんだね」

香奈子の顔を思い出してつぶやいた。

「若女将はすごいんですよ。わたしの憧れなんです」

よほど香奈子のことが好きらしい。彩華は瞳を輝かせて、香奈子のことを語りはじめた。

香奈子の両親は旅館の裏にある自宅に住んでいるが、病気がちだという。そのため、現在は香奈子がひとりで旅館を取り仕切っている。実質、女将は隠居している状態らしい。もはや、香奈子が女将を継いだも同然だが、本人はまだ自分は未熟だと言って若女将を名乗っている。

「自分に厳しい人なんだね。ところで、若女将って何歳なの？」

「あっ、女性にそういうこと聞きます？」

「いや、失敬……」

つい興味本位で尋ねてしまった。すぐに頭をさげると、彩華はいたずらっぽい笑みを浮かべた。

「内緒ですよ。若女将は三十二歳で、わたしは二十七です」

「そ、そうなんだ……」

なにか悪いことを聞いてしまった気分だ。彩華はなぜか自分の年齢まで教えてくれた。

「わたしと若女将も、あの湖で……最後の湖で出会ったんです」

「へえ……」

とっさに言葉を返せず、それきり黙りこんでしまう。

秀雄はあのとき入水自殺を考えていた。彩華と香奈子はどういう状況で知り合ったのだろうか。

（まさか……いや、そんなはず……）

脳裏に浮かんだ自分の考えを即座に打ち消した。

しかし、なにやら深刻な雰囲気だ。やはり、彼女もつらいことがあって、ひとりで湖の畔に立っていたのではないか。

（どうして、あんなところに？）

喉もとまで出かかった言葉を吞みこんだ。

それを尋ねると、秀雄もあの場にいた理由を話さなければならなくなる。そんな気がして躊躇した。

「だから、なんだか似てると思ったんです。わたしと杉谷さん」

彼女はそう言うが、まったく似ていると思わない。

落ちぶれて追いつめられた中年男と、未来ある若くて美しい女性だ。悲しいほどに差があった。

（俺は、もう……）

心のなかでつぶやいたとき、彩華がすっと身を寄せてきた。

「ところで、さっき……」

ささやくような声だった。

膝と膝が触れ合ってドキリとする。だが、わざわざ離れるのも、意識しすぎと思われそうだ。だから、秀雄はあえて身動きせず、まったく気にしていないフリをした。

「見ちゃったんです。杉谷さんのアソコ……」

予想外の言葉だった。

なにを言い出すのかと思ったら、彩華が手のひらを太腿《ふともも》に重ねてきた。浴衣の上からやさしく撫《な》でられて、思わず体がビクッと反応した。

4

「な、なにを……」

秀雄は困惑して語りかける。

じつは女性の温《ぬく》もりを感じるのは久しぶりだ。ここ数年、仕事が異常なほど忙しかったため、性欲が減退していた。妻はもちろん、ほかの女性とも触れ合う機会は皆無だった。

「すごく大きかったです。もう一度、見せてもらえませんか？」

「ダ、ダメに決まってるだろ」

即座に言い放つ。しかし、彼女は太腿から手を離そうとしない。

「どうしてですか。減るものじゃないですよね」

彩華がさらに身を寄せてくる。そして、浴衣のなかに手を入れて、太腿を直接撫でてきた。

「うっ……」

激しくとまどっているが、体は正直に反応してしまう。ペニスが疼《うず》いたかと思うと、ムクムクふくらみはじめた。

「ダ、ダメだ……あ、彩華ちゃん」

若女将がそう呼んでいたので、つい秀雄も名前で呼んでしまう。すると、彼女はうれしそうに目を細めた。

「わたしの名前、覚えていてくれたんですね」

耳もとでささやきながら、手のひらで太腿を撫でてくる。その手が徐々に股間へと近づき、内腿の根元のきわどい場所をくすぐりはじめた。

「ま、待ってくれ……」

つぶやくだけで、彼女の手を振り払うことはない。期待がふくれあがり、されるがままになっていた。

柔らかい手のひらが、ボクサーブリーフの上から股間に重なってくる。すでに芯を通しているペニスを包みこむように、覆いかぶさってきた。布地ごしに手のひらの柔らかさと暖かさが伝わり、さらに男根がひとまわり大きくなる。

「ああっ、硬いです」

彩華は指をそっと曲げると、太幹にやさしく巻きつけた。

「ううっ」

またしても快感がひろがり、呻《うめ》き声が漏れてしまう。秀雄は慌てて奥歯を強く噛み、両手で布団を握りしめた。

「気持ちよかったら、声を出してもいいんですよ」

彩華が耳もとでやさしくささやく。熱い息が耳孔《じこう》に流れこみ、背すじがゾクゾクする感覚が走り抜ける。それと同時に、ボクサーブリーフごしに太幹をそっと擦られた。

「ど、どうして、こんなことを……」

秀雄は呻きながらも疑問を投げかける。

温泉宿の仲居が、どういうわけかペニスを愛撫《あいぶ》しているのだ。愉悦の小波《さざなみ》が次から次へと押し寄せてくる。快楽に震えながらも、なにが起きているのか、さっぱり理解できなかった。

「湖でお見かけたしたときから思っていたんです。きっといい人だけど、背中がとっても淋《さみ》しそうだなって……」

彩華がぽつりとつぶやく。そして、秀雄の肩に手をかけると、布団の上に押し倒した。

隣で正座をした彩華が腰紐《こしひも》をほどき、浴衣の前を大きく開く。

剝き出しになったグレーのボクサーブリーフは前が大きくふくらみ、我慢汁の黒い染みが広がっている。ペニスが勃起しているのは明らかだ。彼女はボクサーブリーフのウエスト部分に指をかけると、じわじわ引きさげはじめた。

「あンっ……すごいです」

ついにペニスが露出する。バネ仕掛けのように勢いよく跳ねあがり、我慢汁の匂いがひろがった。

「やっぱり、大きい……」

彩華が目を見開いてつぶやいた。

亀頭は張りつめており、カリが鋭く張り出している。竿《さお》も野太く成長して、太幹には血管が稲妻状に浮かびあがっていた。しかも、先端は我慢汁でぐっしょり濡《ぬ》れて、ヌラヌラと妖しげな光を放っている。

「杉谷さん、素敵です」

ボクサーブリーフをつま先から抜き取ると、彩華は脚の間に入りこんで正座をする。そして、ペニスの両脇に手をそっと添えて、前かがみになりながら顔を寄せてきた。

「あ、彩華ちゃん……うぅッ」

秀雄が声をかけた直後、彼女の柔らかい唇が亀頭に触れる。

我慢汁が付着するのも構わず、ペニスの先端にキスをしたのだ。さらには舌先を伸ばして、亀頭の裏側をねっとり舐《な》めあげた。

「くうッ、ちょ、ちょっと……」

たまらず呻き声が溢れ出す。

自分の股間を見やれば、彩華と亀頭ごしに視線が重なった。彼女は裏スジに舌先を這《は》わせながら、秀雄の顔を見つめている。反応を確認しながら、舌先をチロチロと動かしていた。

「ここ、気持ちいいですか？」

「うむッ」

返事をする余裕もなく、両脚をつま先までピーンッとつっぱらせる。

敏感な部分を舐められて、体が勝手に反応してしまう。勃起したペニスもビクンッと跳ねるのが恥ずかしい。しかし、久しぶりに愛撫を受けて、牡《おす》の欲望が燃えあがっていた。

「お汁がいっぱい溢れてますよ」

柔らかい舌先が裏スジを這いあがり、ペニスの先端へと到達する。尿道口をやさしく舐められて、尿意をうながすような快楽が湧き起こった。

「うっ……ううっ」

「感じてくれてるんですね」

彩華がうれしそうにささやき、カリの周囲に舌を這わせてくる。

張り出した肉傘の裏に舌先を忍ばせると、唾液を塗りつけながら一周した。そして、ついには亀頭に唇をかぶせてくる。ぱっくりと咥《くわ》えこみ、柔らかい唇でカリ首をキュッと締めつけた。

「おううッ、そ、そんなことまで……」

射精欲が湧き起こり、我慢汁がどっと溢れ出す。慌てて尻の筋肉に力をこめると、ギリギリのところで欲望を抑えこんだ。

「あふっ……はむンンっ」

彩華は口のなかの亀頭を舌で舐めまわして、唇をゆっくり滑らせる。太幹を少しずつ呑みこみ、やがて長大な肉柱をすべて口内に納めた。

「あ、彩華ちゃん……ううッ」

ペニスの根元に唇が密着している。彩華が股間に顔を埋《うず》めて、竿に舌をからみつかせていた。

「そ、それ以上は……」

なにしろ、女性の愛撫を受けるのは久しぶりだ。それなのに、心構えもないいま、いきなりフェラチオされている。強烈な快楽が押し寄せており、今にも流されそうだ。

「ま、待ってくれ……」

全身を小刻みに震わせながら訴える。

そんな秀雄の反応に気をよくしたのか、彩華はペニスを咥えたまま、うれしそうに目を細めた。そして、首をゆったり振りはじめる。すぼめた唇が肉竿をヌメヌメと擦り、鮮烈な快感が沸き起こった。

「おおッ、す、すごいっ」

「はむっ……あふっ……むふンっ」

彩華が鼻を微《かす》かに鳴らしながら首を振る。

唾液と我慢汁がまざり合い、最高の潤滑油となっていた。ペニスをやさしくしごかれて、たまらず尻が布団から浮きあがる。

「くううウッ、き、気持ちいいっ」

このままだと、すぐに達してしまいそうだ。慌てて全身の筋肉に力をこめるが、押し寄せる快感の波はどんどん大きくなっていく。

「ダ、ダメだ……あ、彩華ちゃんっ」

懸命に訴える。だが、彼女はやめるどころか、ますます首を激しく振り、頬がくぼむほど男根を吸いあげた。

「おおおッ」

これ以上されたら暴発してしまう。我慢汁がどんどん溢れて、体の震えがとまらない。無意識のうちに股間を突きあげると、彼女は唇をすぼめて思いきり太幹を締めつけた。

「ううウッ、も、もうっ」

「あむううッ」

「で、出るっ、彩華ちゃんっ、出るよっ、くおおおおおおッ！」

反射的に両手で彼女の頭を抱えこむ。それと同時に、熱い口腔《こうこう》粘膜に包まれたペニスが思いきり脈動する。ついに沸騰した精液が噴きあがり、凄《すさ》まじい快感が突き抜けた。

「おおおッ、おおおおッ」

快楽の呻き声を響かせて、女性の口内に欲望を注ぎこむ。忘れかけていた愉悦を思い出し、全身に快感電流が走り抜けていく。

「ンンっ……うンンっ」

彩華は喉の奥で呻きながら、すべてを受けとめてくれる。そして、注がれるそばから、熱い牡の体液を嚥下《えんげ》した。

暴れていたペニスが鎮まり、射精が完全に収まるまで、彩華は股間から顔をあげようとしなかった。尿道に残っている精液の残滓《ざんし》を吸い出すと、ようやくペニスを解放した。

「はぁっ……いっぱい出ましたね」

彩華は小さく息を吐き出して、ほっそりした指で唇をそっと拭う。そして、秀雄の顔を見あげると、火照った顔で微笑んだ。

（まさか、こんなことが……）

いまだになにが起きたのか、わかっていない。絶頂の余韻に浸りながら、秀雄は彩華の顔を見つめていた。

愛らしい仲居が、精液をすべて飲んでくれた。

まさか二十七歳の彼女が、四十二歳の中年男にひと目惚《ぼ》れするはずもない。秀雄が落ちこんでいることに気づいて、慰めようとしてくれたのではないか。そう考えるのが、いちばんしっくり来る気がした。

（それにしても……）

こんなに気持ちいいのは久しぶりだ。

まだ股間には快楽の余韻が残っている。半萎えになったペニスは、彼女の唾液にまみれて濡れ光っていた。

第二章　若女将に癒されて

1

これほど穏やかな朝を迎えたのは、いつ以来だろう。

時刻は午前七時だ。昨夜、彩華の愛撫《あいぶ》で精を放ったせいか、久しぶりにゆっくり眠った気がする。

口でやさしくしごき、すべてを受けとめたあと、彩華はそそくさと部屋をあとにした。

——失礼いたします。

最後に聞いた彼女の穏やかな声が耳に残っている。

つい数分前までペニスを咥《くわ》えていた唇で、丁重に挨拶をして立ち去った。淫らに奉仕していたのが嘘《うそ》のように、仲居としてまじめな顔を見せる。そのギャップが彼女の魅力をなおさら引き立てていた。

（彩華ちゃん……）

彼女の姿を脳裏に浮かべると、年がいもなく胸の奥がせつなくなった。

彼女は二十七歳、じつに十五も年が離れている。この先、ふたりの間に進展があるとは思えない。そもそも自分は犯罪者だ。自分の手で未来を閉ざしてしまったのだ。

（もう、俺は終わってるんだ）

あらためて、そのことを自覚する。

幸せが訪れることは二度とない。ほんの一瞬でも、夢を見た自分が間抜けに思えた。

枕もとに置いてあったスマホをチェックする。

マナーモードにしておいたので気づかなかったが、深夜に三度も着信があったらしい。履歴に表示されている名前はすべて「黒崎」だ。きっと会社総出で、秀雄のことを血眼になって捜しているに違いない。

（もしかしたら、もう……）

現実に引き戻された気分だ。

すぐそこまで連中が迫っているかもしれない。人生の選択肢が急激に減っていく気がした。

布団から這《は》い出ると、窓から外を見やる。

雪がチラチラと降っていた。朝の光を反射しながら、静かに舞い落ちていく。まだ降りはじめたばかりなのだろう。ほとんど積もっておらず、木々の枝がうっすら白くなっている程度だ。

朝日が差すなかに舞う雪は、はかなくも美しい。

眩《まばゆ》い朝日は希望の光のようでありながら、雪を一瞬で溶かしてしまう。それでも雪は降りつづけて、少しずつ木の枝を白く染めていく。

（あの湖に行くか……）

ふとそう思った。

昨日、目にした湖の光景が脳裏に浮かんでいる。山奥にあり、ひっそりしている。最後の湖とはよく言ったものだ。人生を終わらせるのに、これほど相応《ふさわ》しい場所はない。チェックアウトしたら、まっすぐ向かうつもりだ。

だが、親切にしてくれた宿の人たちに迷惑をかけたくない。できるだけ静かに立ち去りたかった。

秀雄はチノパンとシャツに着替えると、部屋を出て広間に向かう。

朝食は広間で摂《と》ると聞いていた。食欲はなかったが、なにも食べずにチェックアウトするのは不自然だろう。宿の人たちが疑問を感じるような行動は避けるべきだ。とにかく、普通に振る舞うことを心がけた。

「杉谷さま、おはようございます」

広間の襖《ふすま》を開けると、香奈子が声をかけてくる。

今朝は水色の着物に身を包み、艶やかな黒髪をぴっちり結いあげていた。背すじをすっと伸ばして立つ姿は凜《りん》としている。それでいながら、心を和ませる微笑を浮かべていた。

「お、おはようございます」

澄んだ瞳で見つめられると、内心を見抜かれているような気になる。思わず動揺して、視線をすっとそらした。

「こちらへどうぞ」

香奈子に案内されるまま、お膳の前に置かれた座布団に腰をおろす。

広間は二十畳ほどだろうか。秀雄以外に客の姿はなく、お膳の準備もされていない。従業員も香奈子しかいなかった。

「すぐにお食事の支度をしますね」

どうやら、若女将が自ら給仕をしてくれるらしい。香奈子はいったん隣の調理室に向かうと、盆を手にして戻ってきた。

焼き魚や厚焼き卵、漬け物、焼き海苔《のり》、それに味噌《みそ》汁と白いご飯。バランスが整った正統派の旅館の朝食だ。食欲がなかったはずなのに、見ていると腹が減ってくるから不思議だった。

「どうぞ、お召しあがりください」

香奈子が隣で正座をする。お櫃《ひつ》が置いてあるので、お代わりをよそってくれるのだろう。

「いただきます」

まずは白菜の漬け物を口に運ぶ。塩分控えめで、よけいな物が入っていないのか、野菜の甘みがしっかり感じられる。じつに美味で、これだけでご飯を食べられそうだ。

「昨日の仲居さんは……」

さりげなさを装って尋ねてみる。

彩華の姿を見かけないのが気になった。もしかしたら、昨夜のことが関係しているのではないか。彼女の真意はわからない。だが、あのことを後悔しているとしたら、避けられている可能性もある。

「彩華ちゃんですね。昨夜、急遽《きゅうきょ》、お手伝いに入ってもらったので、今日は代休になっています」

香奈子の返事を聞いて、内心ほっと胸を撫《な》でおろす。

もう二度と会うことはないだろう。それでも、彩華に嫌われて別れるのはつらすぎる。出会ってわずかな時間しか経《た》っていないが、なぜか彩華に強く心を惹《ひ》かれていた。

「ご用命でしたら、呼ぶこともできますよ」

香奈子が穏やかな声で語りかけてくる。すぐ裏手に従業員の寮があり、彩華はそこに住んでいるという。

定山渓のホテルや旅館で働く人たちは、住みこみが多いらしい。

鉄道は通っていないので、通勤するなら路線バスかマイカーになる。夏なら札幌の中心部から車で四十五分ほどの距離だ。しかし、冬になると状況はまったく違ってくる。山奥なので降雪量が多く、路面はスリップする。道路も渋滞するため、車通勤はむずかしくなるという。

「今日はどこにも出かけないと言っていましたので、部屋にいると思います」

「いえいえ、とくに用事があるわけではありません」

秀雄はそう言って食事を再開する。

もう、彩華には会わないほうがいい。今、彼女の顔を見てしまうと、決意が鈍る気がした。

焼き魚もじつにうまい。炊きたてのご飯とよく合い、自然と食が進む。厚焼き卵は少し甘めの味つけがうれしい。おいしい料理を食べると、心が落ち着いてくるから不思議なものだ。

「ところで、ほかのお客さんはいないのですか?」

秀雄が尋ねると、香奈子は静かにうなずいた。

「年末年始は予約でいっぱいですが、今はまだ空いています。しばらく泊まれるので、ゆっくりなさってはいかがでしょうか」

意外な言葉だった。

どうやら、連泊できるらしい。香奈子は返答を求めるように見つめてくる。だが、秀雄は自分の手で人生を終わらせようとしていたのだ。

（どうせ、これで終わるのなら……）

金ならたくさんある。

人生の最後くらい、もっと贅沢《ぜいたく》をしてもいいのではないか。一日三組限定の秘湯にたどり着き、運よく部屋が空いていた。連泊もできるのなら、もう少しだけここに居てもいいのではないか。

（べつに慌てなくても……）

ふと、そんな考えが脳裏に浮かんだ。

そう思う一方で、警察や会社の連中が現れることを恐れている。いつ居場所がバレるかわからない。もし急に押しかけてきたら、命を絶つ前に捕らえられてしまうだろう。

（俺は……迷ってるのか）

自分自身に問いかける。

やはり死ぬのは怖い。しかし、すべてを失ってしまった。もう、どうやって生きていけばいいのか、わからなくなっていた。

「お時間が許すのであれば、ぜひ」

香奈子がやさしげな眼差《まなざ》しを向けてくる。見つめられると心を読まれそうで、無意識のうちに視線をそらした。

「昼間から温泉にゆっくり浸《つ》かるのも、よいものですよ」

そう言われると、それも悪くない気がしてくる。

「でも……」

「精いっぱい、おもてなしさせていただきます」

香奈子は姿勢を正して、丁重に頭をさげる。

そこまでされると、無下に断ることもできない。秀雄は困惑しながらも、もう一泊だけ世話になることにした。

2

（またか……）

部屋に戻った秀雄は、スマホを確認して心のなかでつぶやいた。

またしても黒崎から着信があった。何度電話をしても出ないのだから、秀雄が無視しているのはわかるはずだ。それなのにしつこくかけてくるのは、黒崎も上司に命じられているからだろうか。

いずれにせよ、秀雄は会社の人間と話すつもりはない。徹底して無視を決めこむつもりだ。

スマホの電源を落とすことも考えた。だが、秀雄の窮地をどこかで知った友人が、救いの手を差し伸べてくれるかもしれない。その可能性が低いことはわかっているが、わずかな希望を捨てきれずにいた。

（それにしても……）

警察はどこまで把握しているのだろうか。

黒崎がしつこく電話をかけてくるということは、無断欠勤をしている秀雄に疑いがかかっているのは間違いない。当然ながら、会社は警察に被害届を出しているはずだ。

（そういえば……）

ふと誰かに聞いた話を思い出す。

警察はスマホが発する微弱電波で居場所を特定できるらしい。ＧＰＳは切ってあるが、やはり電源を落とすべきだろうか。

（いや、でも……）

その情報が本当なら、とっくに警察が来ているはずだ。

いったい、どうなっているのだろうか。もしかしたら、ニュースになっているかもしれない。テレビをつけて放送番組をチェックしていく。だが、それらしきニュースは流れていない。スマホで最新のニュースを調べるが、やはり結果は同じだった。

（どうして……）

なにか釈然としない。

一千万円を持ち逃げしたのに、まったく話題になっていないのだ。いったい、どういうことだろうか。

突然、ノックの音が響いてドキリとする。

思わず顔の筋肉がひきつり、全身が硬直した。秀雄は部屋の入口を見つめたまま、身動きできなかった。

「杉谷さま」

名前を呼ぶ声が聞こえる。

香奈子に間違いない。とくに緊張している感じもなく、普段どおりの穏やかな声だ。

「お茶をお持ちしました」

「は、はい……」

秀雄はかろうじて返事をする。

「失礼いたします」

襖の開く音がして、香奈子が楚々《そそ》とした足取りで部屋に入ってきた。

どうやら、彼女ひとりのようだ。廊下に待機している人の気配もない。ほんの数秒の間にいろいろなことを考えた。警察が来たのかと思い、額に汗がじんわり滲《にじ》んでいた。

「どうぞ」

とくに頼んだわけではないが、座卓に置いてあるお茶のセットを取り替えてくれる。そして、香奈子は急須に湯を注ぐと、お茶を入れてくれた。

「あ、ありがとうございます」

秀雄は礼を言うが、胸の鼓動は速いままだ。香奈子を疑いたくないが、なにかを探りに来たような気がしてならなかった。

「昼食は、基本的にお部屋食になっていますが、どうなさいますか」

「昼……ですか」

正直、それどころではない。しかし、なにも食べなければ、それはそれで不審の念を抱かれそうだ。

「どうしようかな……」

「外に食べにいかれるのでしたら、少し歩くことになりますね。ごゆっくりなさるのでしたら、こちらでご用意させていただきます」

「では、お願いできますか」

外に出るのは危険だ。食欲はないが、宿にいるのなら頼むのが自然だろう。

「それと、新聞を読みたいのですが」

「では、すぐにお持ちいたします」

香奈子はそう言って部屋をあとにした。

すぐに朝刊を持ってきてくれる。さっそくチェックするが、やはり秀雄の事件は記事になっていない。

（どうして……）

秀雄は金を持ち逃げした一昨日の夜のことを思い返した。

あの日、秀雄が会社に戻ったのは、いつもどおり夜十時をまわっていた。勤務しているのはコピー機のレンタリースを行っている河倉《かわくら》事務機という会社だ。営業を担当しているが、新規の契約を取ることができず、毎日、遅くまで外まわりをしていた。

会社に戻ってからは営業日報を書かなければならず、深夜零時すぎまで会社に残っていることもめずらしくない。いつも秀雄が最後のひとりになり、戸締まりをして帰っていた。翌朝はいちばんに出社して、鍵を開けなければならない。事務所の換気をして掃除をするのも秀雄の仕事だった。

不満はあったが呑《の》みこんだ。上下関係の厳しい社風で、疑問を口にすることもできなかった。なにより、苦労して見つけた再就職先なので、クビになるわけにはいかなかった。

そんな毎日が五年ほどつづき、鬱憤がたまっていたのかもしれない。

一昨日、戸締まりをして帰ろうとしたとき、いつもは鍵がかかっている社長室のドアが半開きになっていた。思わずなかをのぞくと、人の姿はなく、奥にある金庫の扉が開いていたのだ。

札束を目にしたとき、頭のなかでなにかが切れるブチッという音がした。

後先考えずに金を奪った。気づいたときには、一千万円をアパートに持ち帰っていた。

どこを触ったかはっきり覚えていないが、おそらく金庫には指紋がベタベタ残っているはずだ。警察が調べれば、すぐに秀雄だとわかるだろう。

奇跡的に指紋がついていなかったとしても、翌日、無断欠勤をしているのだから、秀雄が疑われるのは当然の流れだ。

（それなのに……）

なぜか事件は報道されていなかった。

それはそれで恐ろしい。一千万円が消えたというのに、会社は警察に届けていないことになる。

社長室のドアも金庫の扉も開けっぱなしだった。単なる閉め忘れなのか、急ぎの用事があったのかはわからない。とにかく、あの状態だったら、あとで金庫のなかをチェックするはずだ。

金がなくなっていることは、すぐにわかるだろう。それなのに、なぜ放置しているのか。

（なにか、おかしい……）

いくら考えてもわからない。

そのあとも、テレビやスマホでチェックをつづけるが、持ち逃げのことはまったく報道されていなかった。

「お食事をお持ちしました」

香奈子が昼食を運んできた。

しなやかな手つきで、座卓に丼と味噌汁のお椀《わん》、それに漬け物の小皿を並べていく。

「料理長特製の親子丼でございます」

蓋を取ると湯気があがり、いい匂いが漂ってくる。

ボリュームたっぷりの親子丼だ。だが、とてもではないが食欲などない。正直なところ、ひと口も食べたくなかった。

しかし、香奈子はすぐに立ち去ることなく、お茶を入れてくれる。丼の蓋を閉めるわけにもいかず、仕方なく箸を手に取った。

「そちらの親子丼は、もともと賄い料理だったんです。でも、彩華ちゃんの提案で、昼食として出すことになりました」

賄い料理に改良を加えて、現在の親子丼になったという。

「あの仲居さんが……」

少し興味が湧いてきた。

とりあえず、ひと口だけ食べてみる。最初は無理やり胃に押しこんだが、半熟がトロトロでじつにうまい。鳥肉もしっかり弾力があり、それでいながらジューシーだ。いつしか夢中になり、気づいたときには平らげていた。

「ごちそうさまでした」

「お粗末さまでした」

香奈子がにっこり微笑《ほほえ》み、食器をさげてくれる。

食べ終わってから気づいたが、香奈子は隣でずっと正座をしていた。なぜか秀雄が食べ終わるまで待っていたらしい。よくわからないが、香奈子はなにも語らず、静かに部屋をあとにした。

(なんだったんだ?)

不思議に思ったが、秀雄はとくに尋ねなかった。

雑談に花を咲かせるつもりはない。ひとりになるとますます不安になるが、今は誰も信用できなかった。

午後も部屋にこもっていた。

いっさい外出せず、悶々《もんもん》とすごしているうちに、いつの間にか夕食の時間になっていた。

3

「失礼いたします」

香奈子の穏やかな声が聞こえた。

緊張したのは一瞬だけで、彼女の顔を見るとほっとした。ひとりになりたいと思う反面、誰かにいてほしい気持ちもある。追いつめられるなか、感情が激しく揺れていた。

「今夜は蟹《かに》づくしです」

香奈子が料理を座卓に並べてくれる。

焼たらば、茹《ゆ》で毛蟹、蟹しゃぶ、蟹の寿司《すし》に蟹シューマイなど、蟹好きにはたまらない贅沢なメニューだ。

「お酒はいかがですか。日本酒が合うと思いますよ」

「じゃあ、日本酒を……」

秀雄は勧められるまま日本酒を注文した。

朝から神経が張りつめたままだ。酒を入れることで、少し楽になれるかもしれないと思った。

しかし、いくら飲んでも酔うことができない。

それどころか、飲むほどに神経が張りつめてきた。せっかくの蟹料理だが、今夜は酔いつぶれて眠ってしまいたい。ところが、四合瓶を空けたのに眠気が襲ってこなかった。

「もう一本……」

秀雄がつぶやくと、香奈子が心配そうな目を向けてきた。

「お水も飲んでください」

ペットボトルの水をコップに注《つ》いで、そっと差し出してくる。しかし、今は酒が飲みたかった。

「酒をくれ」

「すぐにお持ちします。でも、その前にお水を飲んでください」

香奈子はそう言って引こうとしない。秀雄の目をまっすぐ見つめて、語りかけてくる。

「若女将《おかみ》……あんた、なんか知ってるんじゃないのか」

自分の言葉で酔っていることを自覚する。

まったく酔っていないつもりでいた。だが、実際はかなり酔いがまわっていたらしい。

「なにをおっしゃっているのか……」

「昼間から俺のことを気にしていただろう」

やさぐれた気持ちになっており、口調がどんどん荒っぽくなってしまう。彼女の瞳に困惑の色が浮かんだ。

お茶を持ってきたり、昼食を運んできたり、なにかと気にしていた。もしかしたら、警察か会社から連絡があったのではないか。そして、秀雄を監視していた可能性もある。

「じつは、杉谷さまを見ていて、心配になったものですから……」

香奈子が言いにくそうに切り出した。

その言葉で思い出す。飛びこみのひとり客は、なにか事情を抱えている場合があるので警戒されることがあるらしい。

(そうか……そういうことか)

おそらく、秀雄の思い過ごしだ。

香奈子の言葉に嘘は感じられない。秀雄の様子がよほどおかしく見えたのだろう。なるべく普通に振る舞っていたつもりだが、多くの客を見てきた若女将の目はごまかせなかった。

「差し出がましいようですが、お悩みがあるのではないですか」

まさに図星を指された格好だ。しかし、秀雄は素直に認めることができず、無言で顔をそむけた。

「お気を悪くされたのなら申しわけございません」

香奈子は姿勢を正すと、深々と頭をさげる。

黒髪を結いあげているため、白いうなじが露《あらわ》になった。垂れかかった後れ毛が妙に色っぽい。やはり酔っているのだろうか。若女将のうなじから目を離せなくなった。

「あ、あの……」

顔をあげた香奈子が小さな声を漏らす。

秀雄が無言で見つめているので困惑しているらしい。その瞳に怯《おび》えの色が見え隠れしているのがわかり、秀雄のなかの牡《おす》が目を覚ました。

(ダ、ダメだ……なにを考えてるんだ)

すぐに自分自身を戒める。

しかし、酒の酔いがまわっているせいか、それとも捨て鉢になっているせいなのか自制が利かない。昨夜、彩華から愛撫を受けたことも、きっと影響しているのだろう。牡の欲望が瞬く間にふくれあがった。

(どうせ、俺は終わってるんだ……)

そんな思いが、秀雄を狂気へと駆り立てる。

とはいえ、まだ完全に我を失ったわけではない。頭の片隅では、いけないことだとわかっている。なんとか自分を抑えようとするが、欲望に流されたいという思いがふくらんでいく。

(お、俺は、なにを……)

ここで踏んばらなければ、金を持ち逃げしたときと同じになる。

あとで後悔するのは目に見えていた。しかし、若女将のうなじは、あまりにも魅力的だ。白くてなめらかで、触れてみたくてたまらない。しかも、魅力的なのはうなじだけではなかった。

この美しい女性を自分のものにしたい。力ずくで組み伏せて、思いきり淫らな声で喘《あえ》がせたい。

自分のなかに、これほど狂暴な欲望があるとは知らなかった。

追われる恐怖で、心のどこかが壊れてしまったのかもしれない。とにかく、かつてないほど欲情している。秀雄は右手を伸ばすと、彼女の細い手首を強くつかんだ。

4

「あっ……」

香奈子が反射的に腰を引く。秀雄は思わず力をこめて、女体をぐっと自分のほうに引き寄せた。

「ど、どうなさったんですか?」

胸もとに倒れこんだ香奈子が、怯えた瞳で見あげる。黒髪から漂う甘い香りが鼻腔《びこう》をくすぐり、ますます獣性が刺激された。

「どうせ、もう……」

女体を抱きしめると、欲望のままに唇を重ねていく。

香奈子は突然のことに驚き固まっている。抵抗することも忘れて、ただ両目を見開いていた。

（や、柔らかい……なんて柔らかいんだ）

蕩《とろ》けそうな感触に陶然となる。

キスをするのは久しぶりだ。軽く触れているだけでも、ますます欲望が煽《あお》られる。秀雄は興奮にまかせて舌をねじこんだ。

「ンンンっ」

我に返ったように香奈子が反応する。くぐもった呻《うめ》き声を漏らすと、慌てて身をよじった。

だが、秀雄は女体を強く抱きしめて逃がさない。彼女の熱い口内に舌を深く埋めこみ、頬の内側や歯茎を舐《な》めまわしていく。

「はンっ……あふンっ」

香奈子が困惑の声を漏らして、懸命に逃れようとする。それを押さえつけて強引にキスすることで、さらに牡の欲望が燃えあがった。

柔らかい口腔粘膜に舌を這わせて、ねちっこくしゃぶりまわす。香奈子は顔をそむけようとするが、後頭部に右手をまわして押さえつける。そのうえで、さらに舌を深く埋めて、とろみのある唾液をすすりあげた。

甘い唾液を飲みくだすと、頭の芯が痺《しび》れるほどの興奮が湧きあがる。すでにペニスは鉄棒のように硬くなり、チノパンの前が張りつめていた。

「い、いけません……」

唇を離すと、香奈子がせつなげな表情で見あげてくる。

しかし、なぜか抵抗は弱々しい。どこか憐《あわ》れむような瞳を向けられて、内心を見透かされているような気持ちになった。

「そんな目で見るなっ」

憤怒と興奮がまざり合い、自分を抑えられなくなる。女体を畳の上に押し倒すと、着物ごしに乳房を揉《も》みあげた。

「あンっ……ダ、ダメです」

香奈子が小さな声を漏らすが、構わず指を食いこませる。

しかし、着物ごしでは満足できない。衿《えり》を両手でつかむと、左右にぐっと開いていく。ところが、きっちり着付けてあるため、簡単には緩まない。さらに力をこめると、ようやく衿が開いてきた。

白い長襦袢《ながじゅばん》もいっしょに開けば、たっぷりした乳房が露になる。着物のなかに下着をつけないというのは本当らしい。お椀を双《ふた》つ伏せたような見事なふくらみだ。白い曲線の頂上には、桃色の乳首がちょこんと載っていた。

「み、見ないでください……」

香奈子は小声でつぶやき、両手で乳房を覆い隠す。その手をすかさず引き剝がすと、彼女の顔の横に押さえつける。香奈子が怯えた瞳で見あげてくるのが、たまらなく獣欲を刺激した。

「ぬううッ」

秀雄は声にならない声をあげると、いきなり乳首にむしゃぶりついていく。乳首を口に含むなり、舌を伸ばして舐めまわした。

「ああっ」

香奈子の唇から甘い声がほとばしる。それと同時に女体がビクッと小さく跳ねあがった。

どうやら、乳首が敏感らしい。それならばと舌をねちっこく這わせて、唾液をたっぷり塗りつける。すると、乳首はすぐに硬くなり、乳輪までドーム状にふくらんだ。

「い、いやです……あああンっ」

香奈子が鼻にかかった声で拒絶する。

しかし、腰をよじらせる姿が色っぽい。口では抗《あらが》っているが、身体《からだ》はしっかり反応している。だから、秀雄は愛撫をさらに加速させた。

唇を密着させて乳輪ごと乳首を口に含むと、チュウチュウと音を立てて吸いあげる。乳首はますます硬くなり、乳輪もぷっくり隆起して、女体に小刻みな震えが走り抜けた。

「あっ……ああっ」

香奈子の唇が半開きになり、艶《なま》めかしい声が溢《あふ》れ出す。

乳首を吸われて感じているのは間違いない。舌先を乳輪に這わせれば、彼女の声が大きくなる。硬くなった乳首を軽く弾《はじ》けば、女体がブリッジするように仰《の》け反《ぞ》った。

「はああンっ、お、おやめください」

香奈子が震える声で訴える。

だが、思いきり暴れるわけでもなく、潤んだ瞳で見あげてくるだけだ。激しく抵抗しないのは、身体に力が入らないからなのか、それとも、そもそも抵抗する気がないからなのか。

「あんた、どういうつもりなんだ？」

秀雄は乳首をしゃぶりながら問いかけた。

本気でいやがっているように見えない。こうして乳首を吸いあげても、腰を右に左にくねらせるだけだ。もう手首を押さえていないのに、彼女の両手は畳の上に投げ出されていた。

「わ、わたしは、ただ……」

香奈子はなにかを言いかけて口ごもる。

見あげる瞳はどこまでもやさしい。先ほどまで浮かんでいた怯えの色は、すっかり消えていた。

「お客さまをおもてなしするのが、わたしの役目です」

穏やかな声だった。

この状況で、よくそんなことが言えるものだ。いったい、なにを考えているのだろうか。

「杉谷さまは、悪い方ではありません。ですから――」

「おいっ」

思わず強い口調でさえぎった。香奈子が肩をビクッと震わせた。

「まさか、俺のことを……」

なんとなく、わかった気がする。

秀雄を憐れんで、すべてを受け入れようとしているのではないか。理由は知らなくても、落ちこんでいるのは伝わっているのだろう。そんな秀雄を慰めるつもりなのかもしれない。

「くっ……」

奥歯を強く嚙《か》みしめる。

押し倒したのだから憎まれて当然だ。それなのに憐れに思われている。男としてこれほど情けないことはない。惨めな気持ちになり、羞恥と憤怒が胸にこみあげる。

「俺のなにがわかるんだ！」

怒鳴りつけると、乳房を両手で揉みあげる。双つの乳首を交互にしゃぶり、唾液まみれにしてから吸い立てた。

「ああっ……お、お許しください」

香奈子が喘ぎながら謝罪する。

その声が艶めいており、牡の獣欲を刺激してやまない。秀雄は愛撫の手を休めることなく、さらに激しく乳首をねぶりあげた。

決して香奈子が悪いわけではない。自分自身に対する苛立《いらだ》ちを抑えられなくなっていた。荒れ狂う怒りは、己に向けられるべきものだ。しかし、情けない自分を認めることができずにいた。

「あうッ、そ、それは……」

女体がビクッと仰け反った。

勃起した乳首に前歯を立てたのだ。硬くなったところを甘噛みすると、彼女の反応が顕著になった。

「はンっ……か、噛まないでください」

「これがいいのか……おいっ、これがいいんだなっ」

秀雄は乱暴な口調で語りかけて、さらに乳首を甘噛みする。

歯を立てるたび、女体がビクビク跳ねまわり、香奈子の眉が八の字に歪《ゆが》んでいく。許しを乞うように見あげてくる表情に興奮する。着物の裾を摑《つか》むと、左右に大きく開いた。

「ま、待ってください」

香奈子が慌てた声をあげて身をよじる。

細い足首とツルリとした脛《すね》が露になり、さらには膝も見えてきた。むっちりした太腿《ふともも》が剝《む》き出しになると、頭のなかがまっ赤に燃えあがった。

「も、もう……」

秀雄は鼻息を荒らげながら、シャツとチノパンを脱ぎ捨てた。

ボクサーブリーフも剝きおろせば、いきり勃《た》ったペニスが跳ねあがる。太幹には青すじが浮かび、亀頭は破裂しそうなほどふくらんでいる。尿道口からは我慢汁が滾々《こんこん》と溢れていた。

「い、いけません……これ以上は……」

香奈子は上半身を起こすと、畳の上をじりじりあとずさりする。

極太の男根を目にして、さすがに身の危険を感じたらしい。剝き出しになった下肢は股間をガードするように閉じており、くの字に流している。白い足袋《たび》だけを穿《は》いているのが、かえって色っぽい。

秀雄は彼女の足首をつかむと、力まかせに割り開く。着物の裾がさらに太腿に押される形で開き、ついに股間が露出した。

「おおっ……」

秀雄は思わず低い声で唸《うな》った。

乱れた着物の裾から、漆黒の陰毛が見えている。白い恥丘を覆いつくす勢いで生えており、女体の動きに合わせて揺れていた。

「み、見ないでください」

香奈子は泣きそうな声でつぶやき、股間を両手で覆い隠す。

しかし、秀雄は両足首をつかみ、大きく開いているのだ。股間を隠すポーズが逆に卑猥《ひわい》で、ペニスはますますそそり勃った。

清楚な若女将が、これほど成熟した身体をしているとは驚きだ。乳房は大きくて乳首は感じやすく、足首は折れそうなほど細いのに太腿は肉づきがよくてむっちりしている。

そして、股間には黒々とした陰毛が自然な感じで茂っているのだ。あたかも手つかずの森といった感じで、牡の獣欲を駆り立てる。女の森を自分の手で切り開き、肉の杭《くい》を深く打ちこみたいという欲望がこみあげた。

「す、杉谷さん、お願いです」

懇願する香奈子を無視して、秀雄は股間に顔を埋《うず》めていく。股間を覆っている両手を引き剝がすと、目の前に紅色の陰唇が現れた。

「いやがってるわりに、もうグショグショじゃないか」

思わず口もとに笑みが浮かんだ。

乳首を舐められたことで反応したのかもしれない。二枚の陰唇は愛蜜にまみれており、甘酸っぱい芳香を放っている。こうして見つめている間も、割れ目から透明な汁が湧き出していた。

「あんた、期待してるんだな」

「そ、そんなはず——はあァッ」

恥裂を舐めあげると、香奈子が艶めかしい声を放った。

割れ目から新たな華蜜が溢れてくる。舌先をそっと這わせただけで、白い内腿に小刻みな震えが走った。

「い、いけません……」

香奈子が弱々しい声でつぶやき、秀雄の顔を押し返そうとする。両手を頭にあてがうが、秀雄は構わず女陰を舐めまわした。

「あっ、い、いや……いやです」

「じゃあ、なんでここは濡《ぬ》れてるんだ」

唇を密着させて、愛蜜をジュルジュル吸いあげる。口内に流れこんできた汁を飲みくだすと、舌先を女陰の狭間《はざま》に沈みこませた。

「そ、それは、ダ、ダメです」

香奈子が首を左右に振りたくる。恥裂に浅く沈みこませた舌先を、ゆっくり上下に動かせば、女体がビクビクと震え出す。その反応に気をよくして、割れ目を執拗《しつよう》に舐めまわした。

「あああッ、や、やめてください」

拒絶の声に甘い響きがまざりはじめる。心では抗っているが、身体は完全に感じていた。

「でも、すごく濡れてきたぞ」

秀雄は興奮にまかせて愛蜜を飲みまくる。女の汁で喉を潤すほどに、ペニスの先端から我慢汁が溢れ出した。

「もしかして、久しぶりなのか？」

ふと思ったことを口にする。

昨夜、秀雄は久しぶりのフェラチオで激しく昂《たかぶ》った。忘れていた快楽を思い出し、どうしようもないほど興奮した。とてもではないが拒絶できず、そのまま彩華の口のなかに精を放った。

「わかるよ。あんた、しばらく男に抱かれてないんだろ？」

急に親近感が湧きあがる。

これまでの彼女の反応を思い返す。すでに快楽を知っているが、長い間、男と触れ合っていないのではないか。若女将の仕事が忙しくて、デートをする暇もないのかもしれない。

だが、秀雄に愛撫されたことで、身体に火がついたのだろう。股間を剝き出しにしたときは、すでに大量の愛蜜で濡れていた。今も舌を軽く動かすだけで、新たな蜜が次々と溢れてくる。

「男を作る暇もないのか?」

二枚の陰唇を交互に舐めながら語りかける。

「い、今は……旅館を守らないと……」

香奈子がかすれた声でつぶやいた。

「でも、この身体を持てあましてるんじゃないのか?」

女陰を口に含んで、クチュクチュとしゃぶりまわす。陰毛が鼻先に触れているのがくすぐったい。指先で陰毛を撫でつけると、割れ目の端にあるクリトリスを舌先で捕らえた。

「ああッ、そ、そこは……」

「ここが感じるのか?」

唾液を肉芽に塗りつけて、ねちっこく舐め転がす。すると、瞬く間に充血してぷっくりとふくらんだ。

「あンンっ、ダ、ダメです」

香奈子が首をゆるゆると左右に振りたくる。

よほどクリトリスが感じるらしい。愛蜜を舌ですくいあげて、硬くなった肉芽にたっぷり塗りつける。そして、唇を密着させると、ジュルルッとやさしく吸引した。

「あッ、あああッ……い、いやっ、いけません」

もはや抵抗は口だけになっている。香奈子はクリトリスを舐められる快楽に酔いしれていた。

秀雄の頭にあてがっている両手は、いつしか後頭部にまわりこんでいる。自ら股間に引き寄せて、腰をガクガク震わせているのだ。これだけの身体をしているのに、男がいないとはもったいない話だ。

「今日くらい、いいだろ」

状況はまったく異なるが、なんとなく自分と彩華の姿と重なってしまう。静かに声をかけると、クリトリスをやさしく吸いあげた。

「ああッ、ダ、ダメです、あッ、あッ、あンンンンンッ！」

香奈子は下肢を大きく開き、両手で秀雄の頭を抱えこんだ淫らな格好で、ついに絶頂へと昇りつめる。女体を仰け反らせて、股間を突きあげながら鼻にかかった喘ぎ声を響かせた。

「うむッ……」

秀雄はクリトリスに吸いついたまま、溢れる愛蜜をすすりあげる。太腿を抱えこみ、若女将のエキスを延々と飲みつづけた。

5

「す、杉谷さん……」

香奈子が四肢を投げ出して、膜がかかったような瞳で見あげてくる。

絶頂の余韻が濃く漂っているのだろう。唇は半開きになっており、息づかいが乱れている。

（俺が、若女将を……）

秀雄は愛蜜にまみれた口を手の甲で拭った。

彼女を絶頂に追いあげたことで、さらに気分が盛りあがる。ペニスはますますいきり勃つが、その一方で少し落ち着きを取り戻していた。いつしか憤怒は消え去り、彼女を同志のように感じている。

香奈子は絶頂を嚙みしめて、ときおり身体をヒクつかせていた。

着物の衿もとが大きく開き、双つの乳房が露出している。唾液が付着した乳首は硬くとがり勃ち、乳輪まで充血していた。

着物の裾も乱れており、むっちりした太腿が露になっている。一応、膝を寄せて股間をガードしているが、陰毛までは隠せていない。黒々とした秘毛と、白い足袋のギャップが興奮を誘った。

（もう、我慢できない……）

ここまで来たら最後まで行くしかない。

秀雄は女体に覆いかぶさり、脚の間に腰を割りこませる。そして、熱く滾《たぎ》った男根の先端を、濡れそぼった女陰に押し当てた。

「あっ……」

香奈子が小さな声を漏らして見つめてくる。

しかし、もう抗うつもりはないらしい。両手を伸ばすと、秀雄の首にそっとまわしてきた。

「わ、若女将……」

「名前で……香奈子って呼んでください」

香奈子の瞳はしっとり潤んでいる。

彼女もさらなる快楽を求めているらしい。深くつながり、腰を振り合うことを望んでいる。長らくセックスから離れていた者同士、見つめ合うだけで共鳴するものがあった。

「香奈子さん……いきますよ」

緊張しながらも声をかける。すると、彼女はこっくりうなずいてくれた。

「うっ……くうっ」

秀雄は慎重に腰を押し進める。亀頭が女陰の狭間にはまり、膣口《ちつこう》にゆっくり沈んでいく。

「ああァッ、お、大きいです」

女体が仰け反り、首にまわした手に力が入る。香奈子は甘い声を漏らして、潤んだ瞳で訴えてきた。

「ゆ、ゆっくり……久しぶりなんです」

「お、俺も……」

ふたりは見つめ合うと、吸い寄せられるように唇を重ねていく。

まだペニスは先端しか入っていない。だが、ふたりとも久々のセックスだ。焦ることなく、ゆっくり挿入したほうがいい。まずは亀頭だけを埋めこみ、時間をかけて膣口をなじませる。

「杉谷さん……はンンっ」

香奈子のほうから舌を入れてくる。口のなかを舐めまわすと、秀雄の舌をからめとった。

「うむっ、か、香奈子さん……」

秀雄もお返しとばかりに、彼女の口内をねぶりあげる。唾液を交換しては、互いの味を確認した。

こうしている間も、亀頭は膣に埋まったままだ。我慢汁と華蜜がじくじく溢れて、性器が一体化したような錯覚に囚《とら》われる。ほんの少し腰を動かすだけで、結合部分からニチュッという淫らな音が響き渡った。

「ああンっ、わ、わたし、もう……」

香奈子が焦《じ》れたようにつぶやき、眉を八の字に歪めていく。

どうやら欲望が高まっているらしい。膣口が収縮と弛緩《しかん》をくり返し、カリ首を甘噛みするように刺激した。

「じゃ、じゃあ……くううッ」

秀雄は呻きながらも腰を押し進める。亀頭が膣のなかを進むと、なかにたまっていた華蜜がブチュッと溢れ出した。

「はああっ、い、いやンっ」

音が恥ずかしいのか、香奈子が顔をそむける。しかし、膣はうれしそうに反応して、ペニスをしっかり締めつけた。

「ぜ、全部、挿《い》れますよ」

そのまま休むことなく根元まで挿入する。亀頭が深い場所まで到達して、女壺が驚いたように激しくうねった。

「おううッ」

「ああッ、す、杉谷さんっ」

香奈子が下から抱きついてくる。そして、秀雄の唇に吸いついてきた。

「キス、してください」

潤んだ瞳でねだってくる。秀雄は女体をしっかり抱きしめると、舌を深く深くからませた。

正常位で挿入した状態のディープキスだ。上下の口でつながることで、ますます興奮が高まっていく。舌をねちっこくからめながら、腰をゆっくりまわしてみる。結合部分からニチニチと淫らな蜜音が聞こえた。

「はンっ……あふンっ」

香奈子は瞼《まぶた》を半分落として、快楽に酔いしれている。

ペニスで膣内をゆったりこねまわされると同時に、口のなかをしゃぶられているのだ。両腕を秀雄の首にまわして、腰を微《かす》かに揺らしている。若女将が快楽に溺れていく様子が、手に取るようにわかった。

「動かしますよ」

唇を離して語りかける。彼女がうなずく代わりに、股間をクイクイとしゃくりあげた。

「腰が動いてるじゃないですか」

「ああンっ、言わないでください」

香奈子が抗議するようにつぶやき、頬をぽっと赤らめる。

そんな表情に興奮を煽られて、秀雄は腰をゆったり振りはじめた。ペニスをじわじわ後退させると、再びスローペースで沈ませる。カリが膣壁を擦《こす》るのがわかり、腰を振るほどに華蜜がかき出された。

「あッ……あッ……」

「ううッ、す、すごいっ」

たまらず呻き声が溢れ出す。

膣襞《ひだ》がウネウネと蠢《うごめ》き、太幹を締めつけている。焦れるような速度のピストンだが、快感はどんどん高まっていく。

「こ、こんなにやさしくされたら……はあンっ」

香奈子もたまらなそうに喘ぎ出す。

感じているのは間違いない。華蜜の量が増えており、ペニスを出し入れするたびに湿った音が響いていた。

「お、俺も、気持ちいいです」

ふたりとも久しぶりのセックスだ。ねちっこく腰を振るだけで、瞬く間に絶頂が近づいてくる。

「す、杉谷さん……」

香奈子が下からしがみついてきた。

秀雄も女体をしっかり抱きしめると、腰の動きを少しずつ速くする。とくに突きこむ勢いを強めて、亀頭を膣深くまで埋めこんだ。

「あンっ……あンっ……そ、それ、すごいです」

深い場所が感じるのか、香奈子が秀雄の首すじに顔を埋めてつぶやいた。

それならばと、奥を小刻みにノックする。とたんに香奈子の喘ぎ声が甲高くなり、背中に爪を立ててきた。

「はああッ、そ、そこばっかり……」

抗議するようにつぶやくが、感じているのは間違いない。着物に包まれた腰が小刻みに震え出した。

「これがいいんですね」

ペニスを根元まで埋めこみ、さらに深い場所をグリグリ刺激する。すると、彼女は足袋を穿いた脚を、秀雄の腰に巻きつけた。

「ああァッ、そ、そこ……」

「おおッ、し、締まってきた」

女壺全体が収縮して、ペニスが絞りあげられる。射精欲がふくれあがり、先端から我慢汁がどっと溢れ出す。

「い、いいっ、あああッ、いいですっ」

「ううッ、お、俺も、もう……」

香奈子が喘げば、秀雄も呻き声を響かせる。

ふたりとも限界が近づいている。腰の動きがどんどん速くなり、ペニスを深い場所まで打ちこんだ。

「あああッ、も、もうダメですっ」

「か、香奈子さんっ……おおおッ」

力の加減をしている余裕はない。腰を力強く振り立てて、太幹で膣のなかをかきまわす。カリで膣壁を擦りあげると、亀頭の先端で膣道の行きどまりをコツコツたたいた。

「はあああッ、も、もう、あああッ、もうイキそうですっ」

清楚な若女将の唇から、そんな言葉が出たことに驚かされる。

絶頂が目前に迫り、彼女も快楽を欲していた。ペニスの抽送に合わせて、香奈子もはしたなく股間をしゃくりあげる。膣襞もザワザワと蠢き、太幹を奥へ奥へと引きこんだ。

「お、俺も、くおおおおッ」

ペニスを根元までたたきこんだ瞬間、ついに射精欲が爆発する。うねる女壺の感触がたまらない。熱い膣襞に包まれて、太幹がドクンッ、ドクンッと激しく脈打ち、大量の精液が尿道を駆け抜けた。

「おおおッ、で、出るっ、出る出るっ、ぬおおおおおおッ！」

凄《すさ》まじい快感が全身を貫き、目の前がまっ赤に染まっていく。股間をぴったり押しつけて、思う存分、欲望を吐き出した。

「あああッ、い、いいっ、イクっ、イキますっ、あぁああああああッ！」

香奈子のよがり泣きが響き渡る。

熱いザーメンを膣奥に注がれた衝撃で、彼女も一気にオルガスムスに達していく。股間を突きあげた状態で固まり、男根をしっかり食いしめる。下腹部がビクビク痙攣《けいれん》して、深い絶頂を味わっているのは間違いなかった。

ふたりはセックスで得られる愉悦に酔いしれた。

頭のなかがまっ白になっている。きつく抱き合い、吸い寄せられるように唇を重ねて舌をからめた。

秀雄の荒《すさ》んでいた心は、落ち着きを取り戻していた。

申しわけないことをしたと思うが、快感で頭の芯まで痺れている。ペニスは彼女のなかに深く埋まったままだ。媚肉《びにく》の甘い感触が、秀雄のやさぐれた心を癒してくれた。

謝ることもできないまま、またしても口を吸い合っている。今だけは暗い現実を忘れて、久しぶりの愉悦に酔っていたかった。

第三章　傷を舐め合う夜

1

翌朝、秀雄は布団のなかで目を覚ました。

まず脳裏に浮かんだのは香奈子の顔だ。昨夜のことが鮮明によみがえり、罪悪感と自己嫌悪が胸にひろがった。

（俺は、なんてことを……）

思わず下唇を強く嚙《か》んだ。

酒が入ったせいで自制が利かなくなった。いや、酒のせいではない。単純に自分が弱かったから、あんなことをしてしまったのだ。

追われる恐怖と不安で、極度の緊張状態がつづいていた。誰も信用できず、常に怯《おび》えていた。しかし、そんなことは言いわけにならない。すべては金を持ち逃げした自分の責任だ。

自分をコントロールできなくなり、酔いにまかせて香奈子を押し倒してしまった。最後には受け入れてくれたが、それも秀雄を憐《あわ》れに思ったからだろう。許されないことをした事実が消えるわけではなかった。

(最低だな……)

思わず苦笑が漏れる。

階段を踏みはずせば、どこまでも転がり落ちていく。いちばん下まで落ちたと思っても、さらに下がある。人生を失敗した男というのは、いったい、どこまで落ちていくのだろうか。

いずれにせよ、破滅が待っているのは間違いない。遅かれ早かれ、自分の手ですべてを終わらせるつもりだ。

(もう、こんな時間か……)

枕もとのスマホで確認すると、すでに朝の七時半をまわっていた。

食欲はないが、朝食を摂《と》らなければ不審に思われる。秀雄は急いでチノパンとシャツに着替えると広間に向かった。

「おはようございます」

迎えてくれたのは彩華だ。

臙脂《えんじ》色の作務衣に身を包み、柔らかい笑みを浮かべている。視線が重なった瞬間、頬が少し赤らんだように見えたのは気のせいだろうか。

「お、おはよう……」

秀雄は思わず視線をそらしてつぶやいた。

口で愛撫《あいぶ》してもらったのは一昨日の夜のことだ。会うのはそれ以来なので、どんな態度を取るべきか決めかねていた。

あの夜のことには触れないほうがいいのだろうか。彩華が恋愛感情を持っているはずがない。落ちこんでいる中年男を慰めようとした結果だろう。彼女のやさしさはうれしかったが、勘違いして嫌われたくない。

しかし、なにも言わないのも違う気がする。彼女に癒されたのは、紛れもない事実だ。感謝の気持ちを示すのは当然のことだろう。

「こちらにどうぞ」

お膳の前に案内されて、座布団に腰をおろす。

今朝もほかの客はいないようだ。用意されているお膳は、秀雄のためのひとつだけだった。

彩華は調理室に向かうと、盆を手にして戻ってくる。そして、手際よく朝食の支度を調えてくれた。

「どうぞ、お召しあがりください」

そう言われて箸を手にするが、食事よりも先に伝えたいことがあった。

「この間は……ありがとう」

ほかに人がいないのを確認すると、さりげなさを装って語りかけた。

まともに彼女の顔を見ることができない。料理を確認しているフリをして、視線をそらした。

ところが、彩華は隣で正座をしたまま、口を開こうとしない。黙りこんでいるので気になり、チラリと隣を見やった。

「やっと見てくれましたね」

目が合うと、彩華は口もとに笑みを浮かべる。

「この間のことは、お気になさらないでください。わたしが、勝手にやったことですから」

さらりとした口調だった。

いったい、どういう意味だろうか。あれはおもてなしの一環なので礼には及びませんということなのか、それとも、ただ単に慰めただけだからヘンな期待はしないでくれということなのか。

おそらく後者だろう。彼女の行為には感謝している。だからといって、いい年をした男が期待するはずがない。

(そんなこと、わかってる……あるはずがない)

秀雄は心のなかでつぶやいた。

だが、妄想するだけなら構わないだろう。なにもかも失った中年男が、若くてやさしい女性に出会って相思相愛になる。そんなことでも考えていなければ、どうにかなってしまいそうだった。

「今夜はどうなさるのですか?」

彩華が穏やかな声で尋ねてくる。

秀雄は焼き魚を箸でほぐしながら、思わず黙りこんだ。ここに居座っていてもいいのだろうか。いい加減、警察か会社の人間が居場所を特定するころではないか。出ていくなら今日かもしれない。

「じつは、そろそろ――」

「お部屋なら空いています」

チェックアウトを告げようとすると、彩華が言葉をかぶせてきた。

「ゆっくりなさってはいかがですか?」

「いや、でも、迷惑をかけたくないから――」

「迷惑なんてこと、絶対にないです」

意外にも彩華の口調は強かった。

はっとして顔をあげると、彩華が真剣な表情で見つめていた。瞳が潤んでいるのが気になった。

「彩華ちゃん……」

目が合うと、彼女は慌てた様子で作り笑顔を浮かべる。

「い、今、ちょうど暇なんです。予約が少ないから……泊まってもらったほうが助かるかなと思って……」

もしかしたら、なにか気づいているのではないか。

秀雄を引きとめようとしているとしか思えない。しかし、いやな感じはまったくしなかった。

「部屋が空いているなら……」

秀雄は困惑しながらもつぶやいた。すると、彩華の顔がぱっと明るくなった。

（本当に、いいのか？）

そこはかとない不安がこみあげる。

勧めてくれたとはいえ、怪しまれないか心配だった。まともな社会人なら、そうそう仕事は休めない。それなのに、ふらりと現れた男が気まぐれに連泊するのだ。旅館側からすれば訝《いぶか》るのは当然のことだろう。

「では、わたしのほうから若女将に伝えておきますね」

彩華はそう言って姿勢を正す。

まったく怪しんでいる様子はない。なにかを尋ねてくることもない。秀雄のことをどう思っているのだろうか。

そういえば、香奈子もなにも聞いてこなかった。

客と雑談を交わすようになっても、あれこれ詮索しないようにしているのだろう。今の秀雄にとっては、それがとてもありがたかった。

（もう少しだけ……）

焼き魚を口に運びながら、隣をチラリと見やる。

彩華が微笑を浮かべて見つめていた。視線が重なると、年がいもなく胸の奥がキュンッとなる。

いつまでも、ここにいられるわけではない。でも、あと少しでいいから、彩華の笑顔を見ていたい。彼女が近くにいるだけで、心がほっこり和むから不思議だった。

2

朝刊を借りて部屋に戻った。

座卓の上に広げて、隅から隅まで目を通すが、河倉事務機の金庫から一千万円が消えた事件は記事になっていなかった。

テレビの報道番組もワイドショーもチェックした。スマホで最新のニュース記事もすべて確認した。しかし、どこにもいっさい出ていない。どうして、報道されていないのだろうか。

(どうなってるんだ……)

いくら考えてもわからない。

大金が消えたのだから、必死になって探すはずだ。警察にも届けるだろう。事件として報道されるのが普通ではないか。

しかも、金がなくなった翌日から秀雄は無断欠勤しているのだ。金庫にはおそらく指紋が残っている。まっ先に疑われるに決まっていた。

悶々《もんもん》と考えていると、座卓に置いてあったスマホが振動をはじめた。

もしかしたら、秀雄の窮地を知った友人が、心配して電話をかけてきたのかもしれない。すぐに確認するが、画面には「黒崎」と表示されていた。

「クソッ……」

思わず声に出して吐き捨てる。

ずっと無視しているのに、秀雄がいつか出ると思っているのだろうか。しばらく放置していると、やがてスマホの振動は収まった。電話をかけてくるのは黒崎だけだ。すべてから見放された気がして、思わずうなだれた。

(どうして、あんな会社に……)

今さらながら、焦って再就職したことを後悔する。

働いていたときは必死でわからなかったが、今、こうして離れてみると、河倉事務機は異常だった。あの会社のせいで人生をめちゃくちゃにされた。思い返すと悔しくてならなかった。

だが、怒りよりも、恐れる気持ちのほうが強い。

上司たちは口が悪く、毎日のように怒鳴り散らされていた。胸ぐらをつかまれたことも一度や二度ではない。今ならそれがおかしいと思うが、当時の秀雄は精神的に追いつめられていた。

怒られるのは、自分の営業成績が悪いからだ。みんなの足を引っぱって迷惑をかけているからだ。そう思いこみ、会社の言いなりになっていた。そして、いつしか理不尽な要求を受け入れるまでになっていた。

(もし、ここが見つかったら……)

いきなり上司が乗りこんでくるかもしれない。

そう考えるだけで、畏縮してしまう。実際に現れたら、全身の筋肉が硬直して動けなくなるのは間違いない。

今すぐ逃げるべきだ。

思わず部屋の隅に置いてあるボストンバッグを手に取った。この金さえあれば、しばらくはなんとかなる。

(でも……)

そのとき、脳裏に彩華の顔が浮かんだ。

ここから逃げ出せば、もう二度と彩華に会えなくなるのではないか。立ち寄った場所に戻るのは危険な気がする。彩華の顔を見ることができないのは、想像するだけでもつらかった。

（あっ……）

そのとき気がついた。

今、死ぬのではなく逃げることを考えていた。これまでは人生を終わらせることばかりだったが、なぜか生きて逃げようとしていた。

（俺は……生きたいのか？）

自分の心の動きが意外でとまどってしまう。

すべてを失い、死んだほうがましだと思った。これまで死ぬことばかり考えていた。それなのに、とっさに考えたのが逃げることだった。

（もしかしたら……）

彩華に出会ったことで、気持ちに変化が現れたのかもしれない。

それほどまでに、彩華は魅力的な女性だ。彼女の笑顔を見ているだけで、胸が温かくなる。こんな経験ははじめてだ。無理だとわかっているが、十五も年下の女性に恋をしていた。

自分でも馬鹿げていると思う。だが、彩華のおかげで気持ちが前向きになったのは事実だった。

とはいえ、自分は犯罪者だ。そのことは、どうやっても変わらない。逃げきれるとも思っていない。いずれは捕らえられて裁かれる身だ。警察に連行される姿を彩華に見られたくない。

(やっぱり、ここを離れるべきだ)

焦りが大きくなってくる。

すでに追っ手が近くまで迫っているかもしれない。警察か会社の連中が、いつ押しかけてきてもおかしくなかった。

(いや、待てよ……)

ふと別の考えが脳裏に浮かんだ。

黒崎がしつこく電話をかけてくるということは、まだ居場所をつかんでいないのではないか。スマホの着信履歴を見ると、黒崎の名前ばかりが並んでいる。居場所がわかっているなら、とっくに現れているだろう。

(ということは……)

バレていない可能性が高い。下手《へた》に動くより、この旅館に滞在しているほうが安全な気がした。

昼になり、彩華が食事を運んできた。

今日の昼食は天丼だ。大ぶりの車海老《えび》が二本も載っている。甘めのタレが利いており、ついつい箸が進む味つけだった。

「よかった」

食器をさげに来た彩華がつぶやいた。

「なにが？」

昼のニュースを見ていた秀雄は、思わず聞き返す。すると、彼女は口もとに微笑を浮かべた。

「食欲、あるんですね」

「そういえば……」

「若女将《おかみ》から聞いていたんです。杉谷さま、食欲がないみたいだって」

従業員の間で情報を共有しているらしい。

確かに昨日は食欲がなかったが、食べはじめると完食していた。だが、今日は最初から食べる気満々だった。

(それは、きっと……)

彩華が近くにいてくれるからだ。

心のなかで思うだけで、決して口に出すことはできない。中年客にそんなことを言われても困るだけだろう。敬遠されるくらいなら、この宿から出ていったほうがましだった。

「外、ご覧になられましたか?」

部屋から出ていく直前、彩華がつぶやいた。

(まさか……)

いやな予感がこみあげる。

もしかしたら、警察が押しかけているのではないか。すでに、この宿は包囲されているのかもしれない。

「ど、どういうこと?」

尋ねる声が震えてしまう。顔の筋肉がひきつっているのが、鏡で確認しなくてもわかった。

「雪です」

彩華が微笑を浮かべて振り返る。

「雪？」

「うっすら積もっていますよ」

彼女の言葉で、内心ほっと胸を撫《な》でおろす。

いつの間にか雪が積もっていたらしい。天気のことなど、まったく気にしていなかった。

「薄化粧をした山もきれいですよ。ちょっと寒いけど、散歩してみるのも楽しいかもしれませんね」

彩華はそう言って立ち去った。

（雪か……）

秀雄は窓に歩み寄り、眼下に広がる森を眺めた。

木々の枝に雪が積もったことで、景色が一変している。すべてが白で埋めつくされて、まるで違う世界を見ているようだ。

（ちょっと歩いてみるか）

めずらしく外に出てみようと思った。

そんな気分になったのは、彩華が勧めてくれたからだ。ダウンジャケットを着ると、思いきって部屋をあとにした。

3

まだ午後二時だが、さすがに十二月の外は冷える。

定山渓は札幌市内だが、山奥ということもあり、すでに零下になっているかもしれない。吐き出す息が白く、鼻毛が凍りつくのがわかる。息を吸いこめば、肺のなかまで冷えていく。

それでも外に出たことで、いくらか気分が軽くなった。

彩華の言うとおりにしてよかったと思う。部屋にこもっていると、どうしても気が滅入《めい》ってしまう。もしかしたら、彩華はそれがわかっていたから散歩を勧めてくれたのかもしれない。

(そうか……そういうことか)

納得するとともに感心した。

彩華は客のことをよく見ている。今にして思えば、湖で出会ったときから、秀雄の様子がおかしいことに気づいていたのだろう。

森には雪がうっすら降り積もっている。

部屋の窓からは見えなかったが散策道があり、自然を満喫できるようになっていた。

寒いのは苦手だが、雪は嫌いではない。

雪はすべてを隠してくれる。降り積もれば、すべてがまっ白になる。少なくとも春までは、汚い物を見ないですむのだ。

（全部、なかったことにしてくれたらいいのに……）

そんな虫のいいことを考えて、思わず苦笑が漏れた。

どんなに雪が降ろうとも、自分のやらかした罪が消えるはずもない。わかっているが、願わずにはいられなかった。

そもそも、金など盗まず、会社を辞めればよかっただけの話だ。

しかし、上司に怒鳴られてばかりで、精神的に追いつめられていた。辞めることすら思いつかず、理不尽な命令にも従うしかなかった。そんなことをしているうちに、どんどん病んでいったのだろう。

（とっとと辞めていれば……）

今さらながらしみじみ思う。

思いきって辞表を出していれば、犯罪者にならずにすんだ。別に金がほしかったわけではない。あのときは、まともに考えられる状態ではなかった。なにより会社を恐れていたのに、自分でもどうしてあんなことをしたのかわからない。出来心としか言いようがなかった。

（バカだよな……）

思い返すとため息しか出ない。

結局、自分が弱かっただけだろう。今さら悔やんでも仕方がない。取り返しのつかないことをしたのは間違いなかった。

森のなかをふらふら進んでいく。気づくと雪が深くなっており、スニーカーが完全に埋もれていた。

（あれ？）

ふと立ちどまり、周囲に視線をめぐらせる。

いつの間にか散策道をはずれていた。ぼんやり歩いているうち、木々の間を進んでいたらしい。なにしろ、あたりがまっ白なので、散策道とそれ以外の場所の区別がつきにくかった。

「危ないですよ」

ふいに背後から声をかけられる。

はっとして振り返ると、そこにはアイスグレーのコートを羽織った女性が立っていた。コートの襟には黒いファーがついており、裾から焦げ茶のタイトスカートがのぞいている。

足もとは黒革製のロングブーツだ。雪を踏みしめながら、ゆっくり歩み寄ってくる。散策道をはずれているので、足首あたりまで雪に埋まっているが気にする様子もない。

（何者だ……）

秀雄はとっさに警戒する。

突然、見ず知らずの女性が話しかけてきたのだ。追われている身の秀雄は、内心身構えながら観察した。

年齢は三十代なかばといったところだろうか。少し茶色がかった髪は柔らかい曲線を描き、コートの肩にふんわり垂れかかっていた。

鼻梁《びりょう》が高く、切れ長の瞳が特徴的だ。貴族的な整った顔立ちをしており、どことなくセレブ感の漂う女性だ。穏やかな表情や歩き方から、余裕のある生活を送っているのが想像できた。

「冬眠前のクマがいるんです」

女性は目の前まで来ると、やけに真剣な顔で語りかけてくる。まるで、すぐそこにクマがいるような口ぶりだ。

「クマ……ですか」

秀雄はぽつりとつぶやいた。

近年は札幌の市街地にも羆《ひぐま》が出ることがある。山が開発されて餌が減り、食べ物を求めて街にやってくるらしい。

本来、羆は人間を恐れており、人間のテリトリーには入らないという。羆も生きるため、仕方なく山を降りてくるのだ。とはいえ、人間に危害を加えることがあるので、街に出た場合は駆除するしかない。しかし、山のなかは羆のテリトリーだ。人間のほうが遠慮するべきだろう。

「冬眠前は餌を求めてウロウロしているんです」

彼女はそう言うと、ふいに顔をほころばせた。

「わたしも人に聞いた話なんですけどね」

楽しげに「ふふっ」と笑う表情には、いっさい悪意が感じられない。美人なのに気取らない性格なのだろう。なんとなく好感が持てた。

「散策道をはずれなければ大丈夫みたいですよ」

「なるほど……」

秀雄は思わず森の奥を見やった。

羆に食われて死ぬというのも、ろくでなしの自分らしいかもしれない。考えてみれば、自ら命を絶つのはむずかしい気がする。それなら、野生動物にまかせたほうが確実ではないか。

「散策道に戻りませんか」

彼女が話しかけてくる。だが、秀雄は森の奥から視線をそらせずにいた。

(このまま、森に入っていけば……)

どこかで羆に遭遇するだろう。

出会ってしまったら、おそらく生きて帰ることはできない。

思いきって、ここで自分の運を試してみてもいいのではないか。もし羆に遭遇せずに戻ってくることができたら、生きる道を選ぶ。おそらく警察に捕まると思うが、成りゆきにまかせるのもありかもしれない。

「あの……」

彼女が顔をのぞきこんでくる。

「さん宮にお泊まりですか？」

そう言われて、宿の名前が「さん宮」だったことを思い出す。

「え、ええ……」

慌てて返事をするが、彼女は秀雄の目をじっと見つめていた。

「わたしもです。いい宿ですよね。新婚のころは夫とよく泊まっていたんですけど、今はときどきひとりで来てるんです」

「俺は、はじめてですけど……いい宿ですね」

さん宮は一日三組限定の宿だ。自分以外の宿泊者に会うのは、これがはじめてだった。

「こうしてお会いしたのも、なにかの縁ですね」

彼女は微笑を浮かべて、琴井穂乃花《こといほのか》と名乗った。

「俺は――」

秀雄も本名を告げた。

穂乃花はどう見ても悪人ではない。すでに宿には本名を告げてあるので、今さら名前を隠す必要はないだろう。

「秀雄さん……いいお名前ですね」

「い、いや、普通ですよ」

名前を褒められるのなどはじめてだ。照れくさくて否定するが、秀雄もなにか言わなければと思って口を開いた。

「穂乃花さんは、いいお名前だと思いますよ」

「まあ、お上手ですね」

穂乃花は目を細めて微笑《ほほえ》んだ。

柔らかい表情から育ちのよさが感じられる。きっと資産家の娘で、夫も金持ちに違いない。

（俺とは住む世界が違うんだ……）

秀雄は心のなかでつぶやいた。

この世は理不尽だ。少し嫉妬するが、穂乃花の笑顔を見ていると、なぜか許せてしまうから不思議だった。

「さあ、森のクマさんに会う前に戻りましょう」

穂乃花がうながしてくる。

すでに西の空が茜《あかね》色に染まっていた。気温がぐっとさがり、気づくと体が冷えている。温泉が恋しくなっていた。

「戻りますか」

秀雄が同意すると、穂乃花はやさしげな微笑を浮かべた。

4

「お散歩はいかがでしたか？」

夕飯の食器をさげながら、彩華が話しかけてきた。

「きれいでよかったよ。いい気分転換になった」

秀雄は穏やかな声を意識して感想を伝える。

またしても自殺願望がこみあげたことは黙っておく。今、彩華の顔を見ながら考えると、羆に食われて死ぬなどぞっとする。できるだけ長く彩華の近くにいたくて、自殺願望が抑えられているのかもしれない。

とにかく、気分転換になったのは事実だ。今後の展望が開けたわけではないが、自然に触れたことで気持ちが少し落ち着いた。

「そういえば、女の人に会ったよ。ここの常連みたいなことを言ってたな」

「琴井さまですね。今日からお泊まりです。わたしが勤める前から、定期的にご利用いただいてるんですよ」

「ここで働くようになって、どれくらい経《た》つの？」

「四年です。若女将に拾ってもらったんです」

彩華はそう言ってにっこり笑う。

確か、あの湖で香奈子に出会ったと言っていた。秀雄はふらふらと迷いこんだだけだが、彩華はあんな淋《さみ》しい場所でなにをしていたのだろうか。「拾ってもらった」という言い方が気になった。

だが、なんとなく聞いてはいけない気がする。

人には知られたくないこともあるだろう。自分が秘密を抱えているので、あれこれ詮索しようと思わない。彼女も誰かに聞いてほしければ、自分から打ち明けるだろう。

いったん食器を持ってさがると、彩華はすぐに戻ってくる。そして、寝室に布団を敷いてくれた。

「では、失礼いたします」

彩華が静かに立ち去った。

ひとりになった秀雄は、さっそくテレビをつけた。報道番組をチェックするのが癖になっている。スマホでネット情報にも目を通すが、やはり河倉事務機の事件は出ていなかった。

そのとき、スマホがブブブッと振動した。

（またか……）

画面には「黒崎」と表示されている。もちろん、無視をしてスマホを座卓に放り投げた。

電話をかけてくるのは黒崎だけだ。もしかしたら、誰かが救いの手を差し伸べてくれるかもしれない。そんな藁《わら》にも縋《すが》る思いでいたが、さすがにもう期待はしなくなっていた。

（俺がいなくなったところで……）

思わず畳の上に寝転んで大の字になった。

結局、自分などこの世から消えても、誰も気にも留めない。そんなちっぽけな存在だということが、いやと言うほどわかった。

スマホの振動が収まってしばらくすると、入口のほうからノックする音が聞こえた。彩華がなにか忘れ物でもして戻ってきたのかもしれない。秀雄は寝転んだまま起きる気がしなかった。

「どうぞ……」

天井を見つめたまま声をかける。

だが、しばらく反応がない。おかしいなと思ったとき、ようやく遠慮がちに襖《ふすま》を開ける音が聞こえた。

「なんか、忘れ物でも――」

首だけ持ちあげて視線を向ける。

そこには彩華がいるとばかり思いこんでいた。だが、部屋の入口に立っていたのは穂乃花だった。

「えっ……」

思わず怪訝《けげん》な顔をしてしまう。まさか彼女が訪ねてくるとは予想外だ。慌てて起きあがると胡座《あぐら》をかいた。

「どうしたんですか？」

懸命に平静を装って話しかける。

だが、警戒心を緩めることはない。疑いたくはないが、どうしても現金の入ったボストンバッグのことを考えてしまう。今は寝室の押し入れに隠してある。とはいっても、すでに布団が敷いてあるので、襖を開けばボストンバッグが見えてしまう。

「突然、すみません」

穂乃花は申しわけなさそうにつぶやいて頭をさげた。

「少しお話ができたらと思ったんですけど、お邪魔でしたか？」

「いえ、そんなことは……」

秀雄は答えながら彼女を注意深く観察する。

クリーム色のセーターに焦げ茶のタイトスカートという格好だ。ナチュラルベージュのストッキングを穿《は》いており、足首はキュッと細く締まっている。

（話って、なんだ？）

真意をはかりかねて黙りこむ。

穂乃花は部屋のなかを見まわしたりはせず、秀雄の目だけをまっすぐ見つめていた。ほかのことには、いっさい関心を示していない。本当に秀雄と話がしたくて訪れたのだろうか。

「座ってもいいですか？」

「俺は構いませんけど、もし、旦那さんが知ったら、ヤキモチを焼くんじゃないですか」

「言ってませんでしたっけ？」

穂乃花は座卓を挟んで正座をすると、少し首をかしげる。

「聞いてます。ひとりで来てるんですよね。でも、もし旦那さんの耳に――」

「夫は亡くなってるんです」

予想外の言葉だった。

――新婚のころは夫とよく泊まっていたんですけど、今はときどきひとりで来てるんです。

夕方、穂乃花はそう言っていただけだ。現在の夫のことには、いっさい触れていなかった。

「五年前です。悪性腫瘍が見つかって、あっという間でした」

穂乃花は淡々とつぶやいた。

「今はひとりで気ままに生きています」

そう言って微笑を浮かべる。

無理に感情を押し殺しているようで、かえって深い悲しみが伝わってきた。穂乃花は三十歳の若さで未亡人となり、三十五歳になった現在も独り身を貫いているという。おそらく、今でも亡き夫のことを想《おも》っているのだろう。

「申しわけない……」

秀雄は素直に頭をさげた。

よけいなことを言ってしまった。てっきり、セレブな人妻の優雅なひとり旅だと思いこんでいた。夕方は明るく振る舞っているが、胸に淋しさを抱えていたのではないか。きっと、この旅館には夫との思い出があり、今でも定期的に訪れているのだろう。

「お気になさらないでください。わたしも、そろそろ忘れなければと思っていたところです」

穂乃花が穏やかな口調で語ったとき、座卓に置いてある秀雄のスマホが振動をはじめた。

（どうせ、また……）

もう確認する気も起きなかった。

黒崎に決まっている。何度もかけてきて、いったい、なにを話すつもりなのだろうか。

「出なくてもいいのですか？」

穂乃花が気にして語りかけてくる。先ほど座卓に放り投げたので、スマホは彼女の近くにあった。

「別に、いいんだ」

「女性からみたいですけど」

「えっ……」

すかさず座卓に乗り出してスマホを手に取る。画面には「葉子《ようこ》」と表示されていた。

「なっ……葉子か」

思わず落胆の声が漏れてしまう。

あの女の声は聞きたくない。黒崎のほうが、まだマシかもしれない。電話に出ることなく、再びスマホを座卓に戻した。

「もしかして、奥さま……とか？」

穂乃花が探るように尋ねてくる。

あまり詮索されたくない。だが、穂乃花の話を聞いた直後なので、ごまかすのも悪い気がした。

「まあね……当たらずといえども遠からず、ってやつかな」

秀雄の言葉を聞いて、彼女は少し考えるような顔になった。

「もしかして、ご結婚を考えている人とか？」

「いや……」

思わず苦笑が漏れる。

最初はなかなか鋭い推理だと思ったが、最後の最後にまったく違う方向にそれてしまった。

「別れた妻です」

もったいぶると、よけいに気まずくなる。そう思って早めに打ち明けたつもりだが、穂乃花は見事なまでに固まった。

「出ていって、もう一年になるかな。いろいろありましてね」

さらりと言ったつもりだが、頬の筋肉がひきつってしまう。

ブラック企業に再就職したのが引き金になったのは間違いない。だが、まさか葉子が陰で裏切っているとは思いもしなかった。

生活は苦しかったが、夫婦で力を合わせれば乗り越えられると信じていた。それだけに、事実を知ったときのショックは計り知れなかった。ふたりでいっしょにがんばっているつもりだった。

（それなのに、あいつは……）

一年経った今でも、考えるだけで胸が苦しくなる。

葉子が電話をかけてくる理由はひとつしかない。慰謝料のことだ。振込がないので、催促するつもりだったのだろう。金がないのを知っているくせに、血も涙もないとはこのことだ。

（俺が、なにも知らないと思って……）

怒りと悲しみが同時にこみあげる。

だが、詳しいことまで語るつもりはない。笑い飛ばそうとしたが、頰の筋肉が完全に硬直している。話題を変えようと思っても、なにも思い浮かばない。仕方なく顔をうつむかせた。

「ごめんなさい。わたし、興味本位で……」

穂乃花が慌てて頭をさげる。

別に謝る必要はない。彼女が悪いわけではないので、秀雄も申しわけない気持ちになってしまう。

「俺が先に言うべきだった……ごめん」

うつむいたまま、なんとか声を絞り出す。自分でも驚くほど、胸が苦しくなっていた。

元妻のことを今でも想っているわけではない。こっぴどく裏切られた記憶がよみがえり、秀雄の胸をかき乱していた。幸せな時期があっただけに、すべてが崩れ去ったあとの心の傷は深かった。

「くっ……」

思わず拳を握りしめて、自分の太腿《ふともも》に打ちつける。

「秀雄さん」

気づくと穂乃花が座卓をまわりこみ、すぐ隣で正座をしていた。

「つらいことを思い出してしまったのですね」

やさしく語りかけてくると、太腿に打ちつけていた拳を手のひらで包みこんでくる。

「人に話すのは、これがはじめてだったんだ」

自分の声とは思えないほどかすれていた。

じつは、離婚したことを親戚にも友人にも伝えていない。妻から受けた仕打ちは、誰にも打ち明けられないほどショックだった。

穂乃花はなにも言わず、秀雄の拳をやさしく撫でてくれる。柔らかい手のひらの感触が心地《ここち》いい。下手な慰めの言葉より、こうして黙って触れてくれるほうが心に響く気がした。

「もう、大丈夫です」

秀雄がつぶやいても、彼女は手を離そうとしない。

「なにか事情があるのですね」

耳もとでささやく声が、胸にすっと流れこんでくる。

だが、秀雄は肯定も否定もできずにいた。自分は追われている身だということを忘れたわけではない。これ以上、誰かにかかわるのは避けるべきだ。親切にしてくれた人まで巻きこむことになる。

しかし、彼女の手を振りほどくことはできない。触れられているだけで、心が安らぐ気がした。

「なにも言わなくて結構です。人に言いたくないことってありますよね」

どこまでも穏やかな声だった。

「でも、今日のわたしは話を聞いてもらいたい気分なんです。たぶん、秀雄さんなら、わかってくれる気がしたから……」

穂乃花はそこで言葉を切ると、ゆったりとした口調で語りはじめた。

七年前、夫と出会って結婚した。銀座《ぎんざ》のイタリアンレストランでソムリエとして働いているところを、客として来店した夫に見初められたという。夫はアパレルショップをチェーン展開している経営者だった。

半年後、社長夫人となり生活は一変した。夫の希望で、仕事を辞めて家庭に入った。家事が性に合っていたらしく、新鮮で楽しい毎日を過ごしていた。ところが、幸せな生活は長くつづかなかった。

夫の病気が発覚して、あっという間に命を落とした。わずか一年半の結婚生活だった。夫が莫大《ばくだい》な財産を遺《のこ》してくれたので、生活には困っていない。だが、周囲から向けられる目がつらかった。

——きっと遺産目当ての結婚だな。

——夫が死んで悠々自適の生活かよ。

——あの女が運を吸い取ったに違いない。

そんな心ない言葉が耳に入ってきた。

友人にも妬《ねた》まれて、人間不信に陥った。知り合いに会うのがいやになり、自分から距離を取るようになったという。

「今は自宅にこもりっきりなんです。そろそろ前を向かなければと思っているんですけど、なかなか、むずかしいですね」

穂乃花はそう言って淋しげな笑みを浮かべた。ときどき、この旅館に来るのだけが楽しみらしい。

「どうして、俺なんかに話したんですか」

出会ったばかりの男に打ち明ける話ではない。彼女の考えていることがわからなかった。

「秀雄さんだから、お話しする気になったんです」

穂乃花は穏やかな表情を浮かべている。秀雄は意味がわからず、無言で見つめ返した。

「森でお見かけしたときに思ったんです。なにかを抱えている方だって」

「お、俺は……別に……」

内心を見抜かれた気がして動揺する。思わず言葉につまると、彼女は首をゆったり横に振った。

「詮索はいたしません。ただ、今はこうして……」

穂乃花が身体《からだ》をすっと寄せてくる。

秀雄の拳を包みこんでいた手は、いつの間にか太腿に移動していた。チノパンごしに、手のひらの温《ぬく》もりがじんわり伝わってくる。

「なにを……」

「今夜だけは、慰め合ってもいいんじゃないでしょうか」

見つめてくる瞳がしっとり濡《ぬ》れている。甘い吐息がかかるほど、彼女の顔が近くにあった。

「お布団は、もう敷いてあるのですよね」

穂乃花がささやきかけてくる。

どう反応すればいいいのかわからない。秀雄を全身を硬直させたまま、寝室の襖をチラリと見やった。

5

「はンっ……」

穂乃花の甘い声が寝室の空気を震わせる。

照明は消してあり、枕もとに置いてある和風のスタンドだけが室内を照らしていた。

今、ふたりは布団の前に立ち、抱き合って唇を重ねている。穂乃花の両腕が秀雄の首にまわされており、顔を上向かせて唇に吸いついていた。舌を柔らかく伸ばして、秀雄の唇をそっと舐《な》めまわしている。

「誤解しないでくださいね。こんなことするの、はじめてなんです」

穂乃花が恥ずかしげにささやく。

おそらく、五年前に夫を亡くしてから、誰ともキスをしていないのだろう。ぎこちない舌の動きから、なんとなく想像できた。

「わかってます」

秀雄が口を開くと、彼女の舌が入りこんでくる。ヌルリッとした感触に誘われて、秀雄も舌を伸ばしてからみつかせた。互いの粘膜が擦《こす》れ合い、唾液がまざっていくのがわかった。

ねちっこいディープキスだ。焦ることなく、じっくり舌をからませる。互いの唾液でヌルヌル滑るのがたまらない。

「はふっ……はンンっ」

穂乃花も昂《たかぶ》っている。漏れる声が艶《なま》めき、腰が右に左に揺れはじめた。情感が蕩《とろ》けてきた証拠だ。

くびれた腰に両手を添えて、そっと撫であげる。すると、たったそれだけで女体に小刻みな震えが走った。

「はあンっ、くすぐったいです」

「ずいぶん敏感なんですね」

秀雄は腰に手を添えたまま語りかけた。

未亡人に誘われてとまどったのは最初だけだ。彼女が言うとおり、今夜だけは慰め合ってもいいのではないか。心に傷を負った者同士が出会ったのだ。せっかくなので、彼女の提案に乗ることにした。

「久しぶりなんです。やさしくしてください」

「もっと、やさしく？」

秀雄はセーターの上からくびれた腰を上下に撫でる。指先でなぞるような微妙なタッチだ。

「あっ……ダ、ダメです」

穂乃花が濡れた瞳で訴える。

本気でいやがっているわけではない。スタンドのぼんやりした明かりに照らされた顔は、ほんのりと桜色に染まっている。興奮しているのは間違いない。唇は半開きになり、ハアハアと乱れた息が漏れていた。

「今夜だけ……」

自分に言い聞かせるようにつぶやくと、穂乃花はその場にしゃがんで正座をする。そして、秀雄のチノパンに手を伸ばした。

震える指でベルトを緩めて、チノパンのボタンをはずす。さらにファスナーをつまんで、ゆっくり引きさげていく。この時点でペニスは硬くなっており、前が思いきり盛りあがっていた。

「もう、こんなに……」

ため息まじりのつぶやきに、期待の響きが滲《にじ》んでいる。

チノパンをおろすと、グレーのボクサーブリーフが現れる。布地が破れそうなほど伸びて、大きなテントを張っていた。

穂乃花は黙りこみ、ボクサーブリーフのウエスト部分に指をかける。躊躇《ちゅうちょ》する素振りを見せたが、それは一瞬だけだ。意を決したように引きおろすと、屹立《きつりつ》したペニスがブルンッと鎌首を振って飛び出した。

「ああっ……」

穂乃花の唇から小さな声が溢《あふ》れ出す。

だが、視線はペニスに向けられている。怯えた顔をしているが、勃起した肉柱をまじまじと見つめていた。

「大きいですね」

つぶやきながら、両手を太幹の両側に添える。陰毛を押さえるようにして、顔をゆっくり股間に寄せてきた。

まずは亀頭にキスをする。そっと触れるだけのやさしい口づけだ。柔らかい唇が、硬く張りつめた亀頭に押し当てられた。それだけで甘い痺《しび》れが広がり、勃起したペニスがピクッと揺れる。

「うっ……」

期待がふくらみ、尿道口から透明な我慢汁が溢れ出す。

亀頭についばむようなキスが降り注ぎ、さらには裏スジに舌を這《は》わされる。敏感な部分を舌先でくすぐられて、思わず全身に力が入った。

「くぅッ、そ、そこは……」

「ここが感じるんですね」

穂乃花がうれしそうに目を細める。両手で太幹を掲げ持ち、顔を傾けながら裏スジを舐めあげた。

「くッ……ううッ」

「ピクピクしてますよ」

彼女の舌先が動くたび、ペニスが勝手に反応してしまう。先端は我慢汁で濡れ光り、肉胴はますます太さを増していく。そこに細い指が巻きつき、やさしく締めつけてきた。

「すごく硬いです」

穂乃花がうっとりした声でつぶやき、亀頭に唇をかぶせてくる。ぱっくり咥《くわ》えこんで、唇をカリ首に密着させた。

「ううッ、ほ、穂乃花さんっ」

たまらず呻《うめ》き声が漏れて、下半身に震えが走る。

甘い刺激がひろがり、無意識のうちに両手で彼女の頭を抱えこむ。すると、穂乃花は首をゆったり振りはじめた。

「ンっ……ンっ……」

柔らかい唇が太幹を擦りあげる。

唾液を塗りつけながら、ヌルヌルと滑るのがたまらない。絶妙な力加減で締めつけられて、我慢汁が次から次へと溢れ出す。すると、彼女の舌先が尿道口をチロチロと這いまわった。

られてしまう。

「くおッ、す、すごいっ」

膝がガクガク震えて前かがみになる。このままだと、あっという間に追いあげ

「つ、次は、穂乃花さんの番ですよ」

腰を引いて愛撫を中断させると、秀雄は服を脱ぎ捨てて裸になる。

そして、穂乃花のセーターをまくりあげていく。白くてもっちりした肌と黒いレースのブラジャーが露《あらわ》になる。乳房の谷間は深く、いかにも柔らかそうに揺れていた。

さらに穂乃花を立ちあがらせると、スカートを引きおろして、ストッキングも脱がしていく。股間を覆っているのは、やはり黒いレースのパンティだ。布地の面積が小さくて、サイドが紐《ひも》のように細くなっていた。

「いつも、こんなに色っぽい下着をつけてるんですか」

黒のブラジャーとパンティが未亡人を連想させる。それと同時に、満たされない欲求を秘めている気がしてならない。

なにしろ、穂乃花は三十五歳の未亡人だ。熟れた身体を持てあましていたとしてもおかしくない。いくら夫のことが忘れられなくても、女体は疼《うず》いていたので

はないか。だからこそ、秀雄を誘ったに違いなかった。

「あんまり、見ないでください」

穂乃花は消え入りそうな声でつぶやき、くびれた腰をよじらせる。

そうやって恥じらう姿が、ますます牡《おす》の欲望を煽《あお》り立てていく。秀雄は女体を抱きしめると、ブラジャーのホックをプツリとはずす。とたんにカップが弾《はじ》け飛び、双《ふた》つの乳房がまろび出た。

「おおっ」

思わず唸《うな》って目を見張った。

白くて大きなふくらみが重たげに揺れている。乳輪は紅色で五百円玉ほどのサイズだ。その中心部にある乳首は、まだ触れてもいないのに隆起している。まるで愛撫を期待するようにとがり勃《た》っていた。

「穂乃花さんっ」

女体を布団の上に押し倒すと、覆いかぶさっていく。

さっそく両手で乳房を揉《も》みあげる。未亡人の双乳は今にも蕩けそうなほど柔らかく、指がいとも簡単に沈みこんでいく。夢中になって揉みまくり、先端で揺れる乳首をそっと摘《つ》まんだ。

「あンっ……」

穂乃花の唇から甘い声が溢れて、女体がピクンッと反応する。

双つの乳首を同時に摘まみ、こよりを作るようにやさしく転がしていく。すると、乳首はますます充血して硬くなり、乳輪までふっくら盛りあがる。そこに吸いついて、舌をネロネロと這いまわらせた。

「ああっ、ダ、ダメです」

口ではダメと言いながら、両手で秀雄の頭を抱えこむ。さらなる愛撫を欲しているのか、自ら乳房に押しつける。それならばと舌で乳首を弾いてやれば、腰が右に左に揺れはじめた。

「あっ……あっ……」

穂乃花は切れぎれの声を漏らして、内腿をもじもじ擦り合わせる。

どうやら、股間が疼いているらしい。少なくとも五年は男から遠ざかっていたのだ。やはり欲求をためこんでいるに違いない。いつしか、媚《こ》びるような瞳で秀雄を見つめていた。

「ひ、秀雄さん……ああっ」

腰の揺れ方が大きくなる。もう、我慢できないほど高まっているらしい。

「こっちも、してほしいんですね」

パンティに指をかけると、それだけで女体がピクッと跳ねた。

薄いレースの布地をじりじりと引きさげていく。すると、逆三角形に整えられた陰毛が見えてきた。男に見せる機会はないが、身だしなみとして普段から整えているらしい。パンティをつま先から抜き取れば、ついに彼女は生まれたままの姿になった。

「ああっ……」

穂乃花は内腿をぴったり閉じて、潤んだ瞳で見つめてくる。なにしろ、上品な未亡人だ。どんなに身体が疼いても、さすがに自分から股を広げて求めることはできないだろう。

（それなら、俺が……）

秀雄は彼女の足首をつかむと左右に割り開く。

白くて柔らかい内腿が剝《む》き出しになり、紅色の陰唇も露になる。スタンドのぼんやりとした光が、未亡人のすべてを照らし出す。彼女の割れ目はすでに大量の華蜜にまみれて、ヌラヌラと濡れ光っていた。

「そ、そんな……」

自分から誘っておきながら、いざとなると羞恥がこみあげるらしい。だが、口先だけで、いっさい抵抗しなかった。

それなら遠慮する必要はない。

秀雄はつかんだ足首を大きく持ちあげて、女体をふたつ折りにするように押さえつける。彼女の尻がシーツから浮きあがり、膝が顔につきそうな格好だ。まんぐり返しと呼ばれる体勢で、剝き出しの股間が真上を向いた。

「い、いやです、こんな格好……」

穂乃花が今にも泣き出しそうな声で訴える。だが、顔をまっ赤に染めあげるだけで、やはり本気で抵抗しない。

「こういうのが好きなんじゃないですか」

秀雄は声をかけながら、陰唇にむしゃぶりつく。

たっぷりの華蜜で濡れており、陰唇は溶けそうなほどトロトロだ。唇を密着させて思いきり吸いあげれば、未亡人の果汁が口内に流れこむ。すかさず嚥下《えんげ》して女陰に舌を這わせていく。

「す、吸わないで、あああッ」

すぐに穂乃花の唇から甘い声がほとばしる。

感じているのは間違いない。その証拠に、恥裂から新たな華蜜がじくじく湧き出していた。

「はあッ、ダ、ダメです」

「これが感じるんですね」

股間に顔を埋《うず》めたまま、くぐもった声で語りかける。

陰唇の狭間《はざま》に舌を這わせて、濡れた媚肉《びにく》をしゃぶりまわす。合間に甘酸っぱい華蜜をすすりあげては、喉を潤した。

「すごく濡れてますよ」

「い、言わないでください」

「でも、ほら、こんなにグチョグチョですよ」

わざと音を響かせるように舌を使う。すると、穂乃花は首を左右に振り、いっそう艶めかしい声を響かせる。

「ああッ、い、いやです、あああッ」

「よっぽど飢えてたんですね」

辱めの言葉をかけてやれば、彼女の身悶《みもだ》えはさらに激しくなった。

「ああッ、も、もうっ……」

絶頂が迫っているのかもしれない。ここぞとばかりに、とがらせた舌を膣口《ちつこう》に埋めこんだ。

「はあああッ、ダ、ダメですっ、あああああああッ！」

穂乃花のよがり泣きが響き渡る。それと同時に、宙に浮いている両脚が跳ねあがり、つま先までピーンッとつっぱった。

「うむッ」

膣口が急激に収縮して、埋めこんだ舌が締めつけられる。華蜜がどっと溢れたと思ったら、女体が感電したように激しく痙攣《けいれん》した。

(やったぞ……)

自分の愛撫で彼女を絶頂させたのだ。

女体を征服した満足感がこみあげた直後、牡の欲望が轟音《ごうおん》を響かせながら押し寄せた。

秀雄は穂乃花に覆いかぶさると、いきなり亀頭を膣口に押し当てる。そのままズブリッと押しこみ、根元まで一気に貫いた。

「穂乃花さんっ、おおおおッ」

「ま、待ってくださ――あああッ」

まんぐり返しでの挿入だ。穂乃花の抗議する声は、一瞬でよがり泣きに変化する。昇りつめた直後で、全身が敏感になっているらしい。膣が猛烈に締まり、ペニスをギリギリと締めつけた。

「くおおッ、す、すごいっ」

秀雄は唸りながら、さっそく腰を振りはじめる。

興奮が興奮を呼び、じっくりピストンしている余裕はない。最初からトップギアで股間をガンガン打ちつける。まるで掘削機《くっさくき》のように、真上から肉柱をたたきつけた。

「ああッ、ああッ、は、激しすぎますっ」

穂乃花が首を左右に振りたくる。しかし、女壺はうれしそうに太幹を食いしめて、大量の華蜜を分泌していた。

「おおおッ、おおおおッ」

女体は確実に反応している。秀雄は欲望にまかせてペニスを打ちこむ。女壺の奥の奥まで亀頭を埋めこみ、最深部をノックする。それと同時に、鋭く張り出したカリで膣粘膜をえぐりまくった。

「ああッ、そ、そんなにされたら……ひああッ」

喘ぎ声がいっそう大きくなる。

もしかしたら、絶頂が迫っているのかもしれない。穂乃花は乳房を弾ませながら、ヒイヒイ喘ぎはじめた。

「き、気持ちいいっ、ぬおおおッ」

昂《たかぶ》っているのは秀雄も同じだ。もう達することしか考えられず、ひたすらに腰を振りつづける。ペニスを高速で出し入れして、媚肉の蕩けるような感触に酔いしれた。

「あああッ、わ、わたし、また……」

穂乃花が濡れた瞳で見あげてくる。女壺が猛烈に締まり、濡れた膣襞《ひだ》が太幹を締めあげた。

「ま、またイッちゃいますっ、あああッ、イクッ、イクううッ!」

いっそう艶めかしい声が響き渡る。ついに絶頂を告げながら、穂乃花が女体を激しく痙攣させた。

「おおおッ、で、出るっ、おおおおッ、ぬおおおおおおおおッ!」

ペニスを真上から打ちこみ、いちばん深い場所で欲望を爆発させる。獣のような唸り声をあげて、熱い粘液をドクドクと注ぎこんだ。

うねる媚肉に包まれての射精は、頭のなかがまっ白になるほど気持ちいい。まんぐり返しで未亡人の女体を押さえつけて、睾丸《こうがん》のなかが空になるまで白濁液を放出した。

「ああンっ、すごい……すごいです」

穂乃花が甘えるようにつぶやき、両手を伸ばしてくる。秀雄の頭を抱えこみ、口づけをせがんできた、

秀雄は女体をしっかり抱きしめると、唇を重ねていく。

一夜だけの関係だ。それでも、この一瞬だけは心を通わせている。なにもかも違うふたりだが、この宿で出会ったのはなにかの縁だろう。深い傷を負った者同士だからこそ、こうして慰め合うことができるのだ。

「秀雄さん……ありがとうございます」

穂乃花が消え入りそうな声でつぶやいた。目尻から涙が溢れて、こめかみを流れ落ちていく。

決して悲しくて泣いているわけではない。秀雄も同じように昂っているから彼女の気持ちがよくわかる。誰かとつながることで、一時とはいえ心が満たされたのだろう。

出会いと同じ数だけ別れがある。

明日から、ふたりはまた違う道を歩んでいく。

でも、今だけはつながっていたい。舌を深くからめて抱き合えば、淋しい心が癒されていく気がした。

第四章　温泉宿で昼間から

1

会社の金を持ち逃げして四日が経《た》っていた。

しかし、いまだに秀雄は捕まることなく、温泉旅館に宿泊している。気持ちは落ち着かないままだ。捕まりたいわけではないが、いったい、どうなっているのだろうか。

朝食を摂《と》るため広間に向かう。

だが、報道が気になって仕方がない。漬け物を口に運びながら、脇に置いたスマホを操作していた。

「なにかあったんですか？」

彩華が声をかけてくる。

いつもの穏やかな笑みを浮かべているが、瞳には気遣うような色が見え隠れしている。秀雄の様子がおかしいと思っているのだろう。

しかし、彩華が直接的な言葉で尋ねることはない。あくまでも、仲居と客という関係を守っている。できることなら、その一線を越えたい。だが、叶《かな》わぬ願いだということもわかっていた。

「ごめん。行儀が悪かったね」

そうつぶやいた直後、スマホが振動をはじめる。着信があったのだ。画面をのぞきこむと「黒崎」と表示されていた。

「くっ……」

思わず奥歯を食いしばる。

どういうつもりで電話をかけてくるのだろうか。会社は警察に通報していないのではないか。警察が本気になれば、秀雄の居場所はとっくに特定されているはずだ。

ただ電話をかけてくるだけで、いっこうに追っ手は現れない。それはそれで精神的にきつかった。

（なにを考えてるんだ）

秀雄は一千万円を持ち逃げした。それなのに放置しているのは、どう考えてもおかしい。

（もしかしたら……）

恐ろしい考えが脳裏に浮かんだ。

警察の手を借りず、内々に処理するつもりなのではないか。黒崎が所属する総務課の連中が、独自に秀雄を追っている可能性もある。あの会社の面々を思い浮かべると、あり得ないことではなかった。

「杉谷さん？」

呼びかけられて、はっと我に返る。顔をあげると、彩華が心配そうに見つめていた。

「電話、切れちゃいましたよ」

「あ、ああ……いいんだ」

精神的に追いつめられているが、そのことを悟られたくない。

なんとかごまかしたくて、ご飯を一気にかきこんだ。味噌《みそ》汁で流しこむと箸を置いた。

「ごちそうさま」

スマホを握りしめて立ちあがる。

「お口に合いませんでしたか？」

彩華が不思議そうに声をかけてくる。

おかずにはほとんど手をつけていない。ここは、おもてなしが売りの宿だ。彼女が気にするのは当然のことだった。

「ちょっと、腹の具合が……」

とっさに上手《うま》い言いわけが思いつかない。秀雄は彼女に背を向けると、広間をそそくさとあとにした。


部屋に戻ると、すぐにテレビをつけてニュースをチェックする。同時にスマホでも調べたが、やはり河倉事務機の事件は報道されていない。

（これは……）

いやな予感が胸にひろがっていく。

会社は警察に被害を訴えていないと考えるべきだろう。金庫には秀雄の指紋が残っており、無断欠勤もしている。秀雄は限りなくクロに近いと判断されるはずだ。それなのに、いまだに警察が迫ってくる気配はない。

（ということは……）

額に汗がじんわり滲《にじ》んだ。

じつは、何度か会社で怪しげな男たちを見かけたことがある。残業で遅くまで残っているとき、社長が目つきの悪い連中と戻ってくるのだ。

とてもではないが堅気《かたぎ》には見えなかった。

男たちは暴力的な空気をまとっており、目を合わせると殴られそうな雰囲気を漂わせていた。実際、社長室から怒声が聞こえたり、物が壊れる音が響いたりすることがあった。男のひとりが血まみれで運び出されたこともある。

そんな恐ろしい光景に遭遇していながら会社を辞めなかったのは、もはや判断力を失っていたからだろう。毎日、怒鳴り散らされて、身も心もクタクタになるまで働いているうちに、自分で考える能力が奪われてしまう。それがブラック企業の本当の怖さだ。

とにかく、あの会社は危険な連中とつながりがあるようだ。おそらく、裏社会の人間ではないか。

（もし、あいつらが来たら……）

どんな目に遭わされるか、考えるだけでも恐ろしい。

金を取り返すだけではすまないだろう。殴る蹴るの暴行は当然として、命を奪われる危険もある。

自殺を考えていたのに、殺されると思うと恐怖がこみあげる。

少しは気持ちが前向きになった証拠だろうか。生きたい気持ちがあるから、恐怖を感じているに違いない。

2

ひとりで悶々《もんもん》と考えているうち、昼になっていた。

ノックの音ではっと我に返る。警戒して身構えるが、すぐに彩華の穏やかな声が聞こえた。

「失礼いたします。お食事をお持ちしました」

「どうぞ……」

声をかけると、彩華が部屋に入ってくる。そして、手際よく座卓に料理を並べてくれた。

今日の昼食は海鮮丼だ。まぐろやサーモン、エビやホタテなど、たくさんの具材が載っている。見るからに新鮮そうだ。すすきので食べれば、かなりの値段になるだろう。

しかし、座卓の前に腰をおろすが、今日は食欲が湧かなかった。

とてもではないが、食事をする気分ではない。彩華に出会ったことで気持ちに変化があったのは事実だ。とはいえ、心に完全なる平穏が訪れたわけではなかった。

「今日はのんびりされているのですか？」

彩華がお茶を入れながら語りかけてくる。

「うん……そんなところだよ」

秀雄は平静を装うが、気持ちは落ち着かない。これまで以上に追われる恐怖を感じていた。

「だいぶ雪が積もって、外はきれいですよ」

そう言われても、景色を楽しむ気分ではない。秀雄はあいまいにうなずくだけで、窓を見向きもしなかった。

「召しあがらないのですか?」

再び彩華が声をかけてくる。

すでにお茶は入っているのに、彼女は部屋から出ていこうとしない。隣に正座をして、秀雄の顔をじっと見つめていた。

「あとで食べるよ」

「生ものですから、お早めのほうがよろしいかと」

「ああ、わかってる」

生返事をすると、彩華が「あっ」と小さな声をあげる。

「すみませんでした。お腹《なか》の具合が悪いとおっしゃっていましたよね」

今朝の話を覚えていたらしい。彩華は申しわけなさそうな顔になり、深々と頭をさげた。

「すぐに、お腹にやさしいものをお持ちします」

「いや、大丈夫だ」

どうせ残すことになる。わざわざ作り直してもらう必要はない。それより、今は早くひとりになりたかった。

「お気になさらないでください。わたしが気づくべきでした」

「本当にいいんだ」

秀雄がそう言っても、彩華は頭をあげようとしない。額をたたみに押し当てたまま、謝罪の言葉をくり返す。

「申しわけございません。わたしが至らなかったばかりに――」

「いいから、俺に構わないでくれ」

つい声を荒らげてしまう。

自分の言葉にはっとするが、取り消すことはできない。彩華が顔をあげて見つめてくる。大声に驚いているのは間違いない。

（やっちまった……）

思わず肩を落としてうつむいた。

彼女は親切心から言ってくれたのに、苛立《いらだ》ちをぶつけるなど最低だ。今のひと言は決定的な溝になる。怒鳴るような客は嫌われて当然だ。もう、まともに話してくれなくなるだろう。

（ふっ……バカだな）

落ちこんでいる自分が間抜けに思えてくる。

そもそも彩華に好かれていたわけではない。自分が勝手に好意を寄せていただけで、彼女にとっては客のひとりにすぎないだろう。

とにかく、これで部屋から出ていくはずだ。

淋《さみ》しい気はするが、結果としてはそれでよかった。自分などにかかわっていると、ろくなことはない。彩華を巻きこまないようにするためには、距離を取るのがいちばんだ。

（これでいいんだ……）

自分を納得させるように心のなかでつぶやいた。

ところが、彩華は隣で正座をしたまま、部屋から出ていこうとしない。なぜか秀雄の顔をじっと見つめていた。

「なにか、あったんですね」

彩華が静かに口を開く。なにかを確信している言い方だ。

「今日は朝から様子がおかしかったから……いえ、最初にお会いしたときから、気になっていました」

まっすぐ見つめられて、秀雄は思わずたじろいだ。

あの湖で声をかけられたとき、すでに彩華は異変に気づいていたらしい。もしかしたら、秀雄の自殺願望を見抜いていたのだろうか。だから、声をかけてきたというのか。

（いや、まさか……）

脳裏に浮かんだ考えを否定する。

そこまで見抜いていたら、秀雄を宿に連れてくることはないだろう。自殺するかもしれない危険な男を、わざわざ宿泊させると思えない。百歩譲って話しかけたとしても、宿を紹介することはないはずだ。

「わかるんです。わたしも、同じだったから……」

彩華が穏やかな声で語りはじめる。

「ここで働きはじめる前は、札幌でＯＬをしていたんです。主に冷凍食品を扱う食品加工会社に勤めていました」

当時を思い出しているのか、遠い目になっている。

短大を卒業して、札幌市内の商社に就職したという。仕事は楽しく、やがて会社の先輩と恋人関係になった。

結婚を夢見ていたが、取引先との食事会ですべてが一変した。その席で酒が出たのだが、少し飲んだだけで泥酔したという。そして、取引先の部長に介抱すると言われてホテルに連れこまれた。

無理やり関係を結ばされたこともショックだったが、食事会に同席していた恋人が見て見ぬ振りをしたのが悲しかったという。

「クスリを盛られたんです。しかも、そのことを彼は知っていたんです。大切な取引先だから、我慢しろって……」

彩華はそこまで話すと、気持ちを落ち着かせるように睫毛《まつげ》を伏せた。

ひどい話だ。結婚まで考えていた恋人に裏切られて、取引先に売られたのだろう。恋人は見返りに、大きな契約でも取ったに違いない。

「それで、遠くに行きたいと思って、適当にバスに乗って……気づいたら定山渓に来ていました」

だが、温泉街は人が多い。静かな場所を探し求めているうちに、あの湖にたどり着いたという。

何時間も湖の畔《ほとり》に立ちつくしていた。湖面をぼんやり眺めて、足を踏み出そうとしたときだった。

――きれいな湖でしょう。

ふいに背後から声をかけられた。

振り返ると、美しい女性が立っていたという。それが香奈子との出会いだ。やさしい眼差《まなざ》しで見つめられて、自然と涙が溢《あふ》れて頬を伝った。泣きじゃくる彩華のことを、香奈子はやさしく抱きしめてくれたという。

「香奈子さんに会っていなかったら、わたし、今ごろいなかったと思います」

彩華はそう言って微笑を浮かべる。

ひとつの出会いが、彼女の運命を変えたのだ。四年経った今も、彩華は住みこみの仲居として働いている。

「あの湖で、香奈子さんに救われた人はたくさんいるんです」

地元の人しか知らない名もなき湖だが、不思議と悩みを抱えた人がたどり着くという。

「行きづまった人が、最後に訪れる場所……だから、最後の湖と呼ばれているんです」

彩華がやさしげな瞳で見つめてくる。

最初から秀雄の自殺願望に気づいていたのだろう。そのうえで、さりげなく話しかけて、踏みとどまらせてくれたのだ。かつて、自分が若女将《おかみ》に救われたときのように……。

上手くごまかしているつもりでいた。

きっと香奈子も気づいている。ふたりともわかっていながら、秀雄を受け入れてくれたのだ。

「ありがとう……」

絞り出すような声で礼を言う。

ふたりには感謝しかない。それと同時に自己嫌悪が湧きあがる。自分のせいで窮地に陥ったのに、恐怖や憤怒を彼女たちに受けとめてもらっていたのだ。結局のところ、ふたりのやさしさに甘えているだけだった。

3

「俺は――」

秀雄は重い口を開いた。

黙っているわけにはいかない。助けてもらった以上、秀雄も自分のことを話すべきだろう。

二十年前、秀雄は大学を卒業して中堅商社に就職した。

配属されたのは営業部だ。最初は合わないと思ったが、意外にも成績は悪くなかった。だんだん楽しくなってバリバリ働き、三十二歳のとき、以前からつき合っていた同僚の葉子と結婚した。

今にして思えば、あのころが人生のピークだったのかもしれない。札幌の中心部、大通《おおどおり》公園の近くにある中古マンションをローンで購入して、幸せいっぱいの結婚生活がスタートした。葉子は仕事を辞めて家庭に入り、早く子供がほしいねと話していた。

ところが結婚して五年後、会社が倒産した。なんの前触れもなかったため、まったく準備をしていなかった。青天の霹靂《へきれき》とはこのことだ。ローンの支払いもあり、とにかく働かなければと焦ったのが失敗のはじまりだった。

必死に仕事を探して、河倉事務機に再就職した。コピー機のレンタリース会社だが、そこがいわゆるブラック企業だった。凄《すさ》まじいノルマを課されて、飛びこみ営業をやらされた。

固定給プラス歩合給という給与体系だが、固定給は驚くほど少ない。ノルマがきついため、どんなに働いても給料は増えない。営業成績が悪いからと、早朝出勤と残業、休日出勤を命じられる。睡眠時間は三、四時間で、雑用をやらされることも増えて、身も心もクタクタだった。

「大変だったんですね」

彩華がしんみりした口調でつぶやいた。

だが、本当に大変なのはここからだ。秀雄にとっては、家庭内のゴタゴタのほうがショックは大きかった。

「そのころになると、私生活にもいろいろ支障が出ていたんだ」

金の切れ目が縁の切れ目とは、よく言ったものだ。

とてもではないがローンを払えず、マンションを売り払った。安い賃貸アパートに引っ越して、専業主婦だった妻もパートをはじめた。生活は苦しくなる一方で、このころになると夫婦喧嘩《げんか》が絶えなくなった。

秀雄が朝早く出勤するのを理由に、妻が寝室を別々にしようと言い出した。そして、いつしか家庭内別居のような状態になっていた。

「あそこまで行ったら、もうお終《しま》いだよ」

思い返すと、寝室を別にしたのがいけなかった気がする。

夫婦の絆《きずな》が切れたことで、がんばる理由がなくなった。転職先を探す気力も削《そ》がれて、感情が表に出なくなっていた。極度の疲労で頭がまわらなくなり、あとのほうは会社の言いなりだった。

「ふと、妻の様子がおかしいことに気づいたんだ」

当時のことを思い出し、思わず眉間に皺《しわ》が寄る。

葉子は近所のスーパーでレジ打ちのパートをしていた。だんだん帰りが遅くなり、食事も惣菜《そうざい》ばかりになった。妻に苦労をかけているので文句は言えない。しかし、なにか胸騒ぎがした。

「追及はしなかった。妻を信じていたからね。でも、偶然、外まわりの営業中に見かけたんだ。男が運転する車の助手席に、妻が座っているのを……」

思わずあとをつけると、車はラブホテルの駐車場に入っていった。

あのときの衝撃がよみがえり、胸の奥がチクリと痛んだ。

数日後、もしやと思って、妻がパートをしているスーパーに立ち寄った。車を運転していた男はスーパーの店長だった。妻は浮気をしていたのだ。夫が必死になって働いている陰で、最低の裏切りだった。

しかも、葉子は秀雄の収入が少ないことを理由に離婚を切り出した。浮気がバレていないと思って、財産分与の話を平気でしてきた。

もう、妻に対する愛情も情熱もなかった。

不貞の証拠を集めれば、離婚を有利に進められただろう。慰謝料も請求できたはずだ。しかし、そんな気力はなかった。とにかく、一刻も早くすべてを終わらせたかった。

妻の用意した書類に判を押して、離婚が成立した。

よくわからないまま、秀雄がいくらか金を渡すことになった。しかし、生活するのもやっとなのに、払う金などあるはずがない。月々払うことにしたが、遅れることも多かった。

そのときだけ葉子から連絡がある。

あの男と暮らしているのを知っているが、そんなことはどうでもいい。できれば、いっさいかかわりたくなかった。

「なんか、愚痴っぽくなっちゃったな」

あまりにも重い話で、彩華が黙りこんでしまう。秀雄は無理をしておどけてみせるが、彼女は深刻な顔でうつむいていた。

(話さないほうがよかったかな……)

詳しく話したことを少し後悔する。

会社のことだけでも重いのに、妻の浮気が重なり、救いのない展開になっていた。こんな話を聞かされても困るだけだろう。軽々しい言葉はかけられないし、彼女が黙りこむのもわかる気がした。

（でも、葉子が出ていってくれたおかげで……）

秀雄は心のなかで当時を回想する。

妻と別れたことで、失うものはなくなった。そのおかげで、会社にしがみつく理由もなくなったのだ。

毎日のように上司から恫喝《どうかつ》されて、なかば洗脳されたような状態だった。しかし、離婚をきっかけに自分を取り戻した。

こんなことになったのは、すべて会社のせいだ。ブラック企業に再就職したことで、秀雄はなにもかも失った。会社への恨みと怒りがこみあげて、いつしか復《ふく》讐《しゅう》したいと考えるようになっていた。

だが、そうそう実行できるものではない。上司たちを恐れる気持ちが消えたわけではないし、危ない連中とつき合いがあることも知っている。妄想のなかで復讐して、なんとか気持ちを保っていた。

しかし、あの晩、たまたま金庫の扉が開いているのを発見した。

前々から計画していたわけではない。突発的な犯行だ。気づいたときには、金庫のなかにあった札束をすべて持ち出していた。アパートに逃げ帰ってから数えると、百万円の束が十個あった。

会社への復讐心から一千万円を持ち逃げした。

だからといって、心が満たされたわけではない。今、秀雄の胸にあるのは後悔の念だけだ。辞表をたたきつけて辞めるだけでよかった。それなのに、金を盗んだことで自分の首を絞める結果になっている。

結局、怯《おび》えて逃亡した挙げ句、自殺を考えるほど追いつめられていた。

(俺は、いったい……)

なにをしたかったのだろう。

自分の手で、自分の人生を壊すなど馬鹿げている。彩華に出会って救われたことで、己を見つめ直すきっかけになった。

(でも、気づくのが遅かったな……)

時間を巻き戻すことはできない。

取り返しのつかないことをしてしまった。もっと早く彩華に出会っていれば、違う人生を歩めたかもしれない。とはいっても、年が離れているので釣り合わないことはわかっている。

（せめて、俺があと十歳若ければ……）

そんなことを考えている自分に呆《あき》れてしまう。

河倉事務機に雇われた連中が迫っているかもしれない。もし捕まったら、命を奪われるかもしれないのだ。それでも、いや、それだからこそ、自分の気持ちに素直になりたかった。

「俺の人生、そんな感じだよ。間抜けだろ……」

自嘲ぎみにつぶやいた。

今さら格好つけても仕方がない。どうせ、ここで生き延びたとしても、どこかで野垂れ死ぬ運命だ。

「世話になったね。今日、チェックアウト――」

秀雄が告げようとしたとき、ふいに彩華が身を乗り出した。唇に柔らかいものが触れて、思わず全身を硬直させる。

（えっ……）

一瞬、なにが起きたのか理解できない。ただ蕩《とろ》けそうな感触が心地《ここち》よくて、思わず身をゆだねていた。

ところが、彩華の唇はすぐに離れてしまう。それでもキスしてくれたことがうれしくて、胸をふさいでいたもやもやが吹き飛んだ。

「わたしにできるのは、これくらいしかありませんから」

彩華はやさしげな笑みを浮かべて見つめてくる。

口調は穏やかだが、瞳には涙をいっぱい湛《たた》えていた。今にも溢れそうになっており、懸命にこらえているようだった。

(俺のために……)

抱きしめたい衝動がこみあげる。

だが、本気で想《おも》っているからこそ、軽はずみなことはできない。ただ欲望をぶつけるような抱き方はしたくなかった。

「ご迷惑でしたか?」

彩華が眉を八の字に歪《ゆが》めて尋ねてくる。

秀雄の反応がないので不安になったらしい。だが、感情が昂《たかぶ》り、なにを言えばいいのかわからなかった。

「あ、彩華ちゃん……」

名前を呼ぶと、急に照れくさくなる。

顔が熱く火照り、赤くなっているのを自覚した。これでは、まるで初心《うぶ》な少年のようだ。それでも、秀雄はまっすぐ彼女の瞳を見つめた。

「ありがとう。キミのおかげで、俺は今、生きていられるんだ」

心に浮かんだことを言葉にする。

好きだと叫びたいが、それを言うと引かれてしまうだろう。せめて感謝の気持ちだけは伝えたい。熱い想いを胸の奥にしまいこみ、深々と頭をさげた。

「キミに出会えて楽しかったよ」

「杉谷さん……」

彩華の瞳がますます潤んでいく。

「そんな、お別れみたいなこと言わないでください」

そう言ったとたん、ついに大粒の涙が溢れて頬を伝い落ちる。真珠のように美しい涙が、キラキラと光りながら転がった。

再び顔を寄せると、躊躇《ちゅうちょ》することなく唇を重ねる。さらに舌を伸ばして、秀雄の口のなかに差し入れた。

「はンンっ」

彩華は両手を秀雄の後頭部にまわすと、さらに舌を深く入れてくる。

かぐわしい吐息が口内に流れこみ、鼻へと抜けていく。あっという間に舌をからめとられて、唾液ごとやさしく吸われていた。

（あ、彩華ちゃんが……）

頭の芯が痺《しび》れるような快感がひろがっていく。

いつかのように癒してくれるつもりなのかもしれない。たとえ憐《あわ》れみだとしても、彩華がやさしく接してくれることがなによりうれしい。だが、やさぐれた中年男を相手に、無理をさせたくなかった。

「ありがとう……もう、大丈夫だから」

彼女の肩をつかんで、そっと押し返す。唇を離すと、感謝の気持ちをこめて語りかけた。

4

「わたし……杉谷さんと仲よくしたいんです」

彩華が熱い眼差しを向けてくる。

仲よくしたいとは、どういう意味だろうか。最後まで行ってもいいということだろうか。

（いや、まさか……）

心のなかで否定したとき、再び彩華のほうから唇を重ねてきた。

「ちょ、ちょっと……」

そのまま畳の上に押し倒される。彩華は両手で秀雄の頰を挟み、貪るような口づけを仕掛けてきた。

「はンっ……あふンっ」

甘い声を漏らしながら舌を入れて、口内を舐《な》めまわす。舌をからめとって吸いあげると、またしても頭の芯がジーンと痺れた。

「あ、彩華ちゃん……」

秀雄は仰向《あおむ》けの状態で、されるがままになっている。

まっ昼間の温泉旅館の一室で、若くて美しい仲居とキスをしているのだ。舌をやさしく吸われるのが心地いい。やがて、彼女のとろみのある唾液が口のなかに流れこんできた。

「んっ……んんっ」

かぐわしい香りにうっとりしながら反射的に飲みくだす。彩華の味と香りを感じて、欲望が腹の底から沸々《ふつふつ》と湧きあがった。

彩華は舌を吸いながら、右手を秀雄の下半身へと伸ばしてくる。チノパンの上から股間に触れて、ゆったりと撫《な》ではじめた。

「ううっ……」

思わず体がビクッと反応する。ペニスは瞬く間にふくらみ、チノパンの前が張りつめた。

「いやじゃないですか?」

彩華は唇を離すと、ささやくような声で尋ねてくる。

「い、いやなわけ……彩華ちゃんのほうこそ……」

彼女が無理をしていないか気になってしまう。やさしくしてくれるのはうれしいが、中年男の相手をするのはいやではないのだろうか。

「わたしが好きでしていることです」

彩華はそう言って、頰を桜色に染めあげる。

「女にこれ以上、言わせないでください」

拗《す》ねたような瞳を向けられて、期待が高まっていく。

こんな夢のようなことがあっていいのだろうか。彩華は二十七歳で秀雄は四十二歳。じつに十五も離れている。それなのに、彼女のほうから求めてくるなど信じられない展開だ。

とにかく、今はこの状況に浸っていたい。よけいなことは考えず、快楽に溺れてしまいたかった。

彩華が秀雄の下半身に移動して、ベルトを緩めていく。チノパンを引きさげると、ボクサーブリーフのウエスト部分に指をかける。ゆっくり剝《む》きおろすと、勃起したペニスが跳ねあがった。

「もう、こんなに……」

彼女がつぶやき、吐息が亀頭に吹きかかる。それすらも快感となり、鈴割れから透明な汁が滲み出た。

チノパンとボクサーブリーフが完全に抜き取られて、彩華が脚の間に入りこんでくる。正座の姿勢で前かがみになり、亀頭の先端にチュッとキスをした。柔らかい唇の感触が心地よくて、思わず腰に震えが走る。

「くうッ……あ、彩華ちゃん、本当に——」

秀雄のとまどいの声を遮るように、彩華が亀頭を口に含んだ。

「あふンンっ」

ペニスの先端をぱっくり咥《くわ》えて、柔らかい唇でカリを覆ってくる。やさしく締めつけられると、蕩けるような快楽がひろがった。

「す、すごい……ううぅッ」

たまらず呻《うめ》き声が溢れ出す。

両脚がつま先までピーンッとつっぱり、自然と股間を突きあげた。すると、彼女の唇がヌルヌル滑り、太幹の表面を移動していく。

「ど、どうして、こんなに……ううッ」

口で愛撫《あいぶ》してもらうのは二回目だ。しかし、今回のほうがはるかに快感が大きい。二回目なので耐えられそうなものだが、すでに先走り液がとまらなくなっている。このままでいくと、あっという間に達してしまうだろう。

「ンっ……ンっ……」

彩華は睫毛をそっと伏せて、首をゆったり振っている。

激しい動きではない。決して慌てることなく、唇で肉胴をやさしくしごいてくる。同時に口のなかで舌を使って、亀頭やカリの裏側をくすぐっている。まるで大切な物を扱うようにペニスをしゃぶっていた。

「そ、そんな丁寧にされたら……くうッ」

つぶやく声は、すべて呻き声に変わってしまう。

快感が大きい理由がわかった気がした。心をこめたフェラチオで、彼女の気持ちが伝わってくるのだ。前回もそうだったが、さらに丁寧に舐めまわされて、早くも射精欲がこみあげていた。

（ま、まだダメだ……）

この夢のような時間をまだ終わらせたくない。秀雄は気合を入れて上半身を起こすと、彼女の頭をそっとつかんで股間から引き剝がした。

「あンっ……どうしたんですか？」

彩華が不満げに首をかしげる。

ペニスをしゃぶったことで興奮したのか、瞳がしっとり濡れていた。唇も唾液と我慢汁で濡れ光っている。その表情を目にしたことで、秀雄の欲望はますますふくれあがった。

「俺も、彩華ちゃんに……いいかな？」

遠慮がちに尋ねる。

なにしろ相手は若い女性だ。ペニスを口で愛撫してくれただけでも、奇跡的だと思う。そのうえ、今度は自分が彼女を愛撫したいというのは、さすがに望みすぎの気がした。

「もちろん、いいですよ」

彩華はにっこり微笑《ほほえ》んでくれる。まったくいやがるそぶりもなく、秀雄の手を取り、作務衣に包まれた自分の胸もとに導いた。

手のひらが大きなふくらみに触れている。たっぷりした量感が伝わり、思わずゴクリと生唾を飲みこんだ。

(いいのか、本当に……)

胸の高鳴りを覚えながら、指をそっと曲げてみる。

布地の上からでも、乳房の柔らかさが伝わってきた。だからこそ、直《じか》に触ってみたいという欲望がこみあげる。作務衣の紐《ひも》をほどき前を開くと、なかに白いTシャツを着ていた。

「恥ずかしいけど……脱ぎますね」

彩華が自分で作務衣の上下とTシャツを脱いでくれる。

これで女体に纏《まと》っているのは、淡いピンクのブラジャーとパンティだけだ。乳房は大きく、カップから乳肉がはみ出している。腰は細く締まっており、パンティが貼りついた恥丘はむっちり盛りあがっていた。

(おおっ……)

秀雄は思わず腹のなかで唸《うな》った。

瑞々《みずみず》しい女体を前にして、剝き出しのペニスがさらに硬くそそり勃《た》つ。興奮度合を示すように、先端から透明な汁が滾々《こんこん》と溢れていた。

「やっぱり、恥ずかしいです」

彩華は再び正座をして、はにかんだ笑みを浮かべる。だが、そんな表情が牡《おす》の劣情をますます誘う。

秀雄はシャツを脱ぎ捨てて裸になると、彩華の身体《からだ》を抱き寄せた。柔らかい女体の感触とスベスベの肌が気持ちいい。思わず背中を撫でまわし、背すじを指先でスーッとなぞった。

「あンンっ」

くすぐったかったのか、彩華が肩をすくめて小さな声を漏らす。

敏感に反応してくれるから、よけいにいたずらしたくなる。背すじだけではなく、脇腹や腋《わき》の下にもゆびを這《は》わせていく。そのたびに、彩華は女体をビクビク震わせた。

「あンっ……そんなことばっかり……」

「敏感なんだね」

「杉谷さんの触り方が上手だから……」

彩華の瞳はますます濡れている。

視線が重なることで、胸に熱いものがひろがっていく。互いの気持ちが同じだとわかるから、もう遠慮する必要はなかった。

背中を撫でまわして、ブラジャーのホックに指をかける。そっとはずすと、彼女は両手で胸もとを覆い隠す。そして、自分の手でブラジャーをずらして、身体から取り去った。

張りのある乳房が柔らかく揺れる。重力に逆らうように飛び出しており、先端の乳首はツンッと上向きだ。なにより肌には染みひとつなく、まるで透けるように白かった。

「横になって」

彼女の肩を抱いて畳の上に横たえる。

覆いかぶさって乳房に手のひらをあてがった。ゆったり揉《も》みあげれば、指先を弾《はじ》き返すような張りがある。これが二十七歳の乳房だ。若い張りを楽しみ、ゆったり揉みつづけた。

「あンっ……はあンっ」

彩華は小さな声を漏らして、恥じらうように顔をそむけている。

乳首にそっと触れると、女体がビクッと跳ねあがる。そのたびに、乳首はさらなる愛撫をねだるように硬くなった。

「もう、こんなになったよ」

充血した飛び出したところを、そっと摘《つ》まんで転がした。女体がビクビクと反応して、彩華は我慢できないとばかりに秀雄の手首を強くつかんだ。

「ダ、ダメです、そこばっかり……」

「じゃあ、こっちも見せてもらおうかな」

秀雄は太腿《ふともも》に触れると、ゆっくり撫であげる。手のひらをパンティの上から恥丘に重ねて、指先を内腿の間に押しこんだ。

「ま、待ってください」

彩華が慌てたように内腿をぴったり閉じる。しかし、すでに中指は入りこんでおり、そのまま股間に密着させた。

クチュッ――。

とたんに湿った音が聞こえて、指先に確かな湿り気が伝わってくる。

パンティがぐっしょり濡れるほど、愛蜜が大量に溢れていた。濡れた布地を押してやれば、ニチュッ、グチュッという卑猥《ひわい》な音が響き渡る。女体にも震えが走り、くびれた腰が右に左に揺れはじめた。

「あっ……あぁっ……」

彩華の声がますます艶を帯びていく。愛蜜の量も明らかに増えており、甘酸っぱい匂いまで漂ってきた。

「すごいな……」

女体の反応に驚かされる。

ペニスをしゃぶったことで興奮したらしい。やはり、彩華は本当に自分がやりたくてフェラチオをしたのだろう。だからこそ、身体がこんなにも反応しているのだ。

(そういうことなら……)

秀雄はパンティに指をかけると、徐々におろしていく。濡れた股布に付着した愛蜜が、ツツーッと透明な糸を引いた。

「ずいぶん濡れやすいんだね」

「言わないでください……」

彩華は両手で顔を覆い隠す。それと同時に恥丘を彩る陰毛が露《あらわ》になった。

もともと薄いらしく、申しわけ程度にしか生えていない。白い地肌と縦に走る溝が透けている。内腿は閉じているが、恥丘に刻まれた女の縦溝は、はっきりと見えていた。

パンティをつま先から抜き取れば、彩華が身に着けている物はなにもない。若さ溢れる乳房も、うっすらとした陰毛がそよぐ恥丘も、すべてがまる見えになっていた。

窓から差しこむ昼の陽光が、瑞々しい女体を隅から隅まで照らしている。

羞恥のあまり顔を覆い隠しているが、身体は剝き出しのままだ。つまり恥ずかしくてたまらないが、見てほしい気持ちもあるのだろう。そんな彼女の気持ちがすっと胸に伝わってきた。

「きれいだ……」

秀雄の口から、そんな言葉が自然とこぼれる。

彩華の身体は染みひとつなく、ほれぼれするほど美しい。そして、同時に牡の劣情をこれでもかと刺激する。見ているだけで鼻息が荒くなり、ペニスがさらに硬く反り返っていく。

秀雄は彼女の足もとにまわりこみ、膝に手をかけて割り開いた。

下肢をM字形に押し開けば、濡れそぼった女陰が露出する。二枚の陰唇は濃いピンクで、華蜜にまみれて艶々と光っている。溢れつづけている果汁は、蟻《あり》の門《と》渡《わた》りを伝って尻穴まで濡らしていた。

「い、いや……」

視線を感じたのか、彩華がかすれた声で訴える。しかし、本気で身をよじることはなかった。

「濡れてるよ。お尻の穴までぐっしょりだ」

わざと言葉にして伝えると、くすんだ色の肛門《こうもん》がキュウッと締まる。割れ目からは新たな華蜜が溢れて、陰唇が物欲しげに蠢《うごめ》いた。

「み、見ないでください」

彼女の恥ずかしげな声が引き金となり、秀雄は唸り声をあげながら女陰にむしゃぶりついていく。

「おおおおッ」

口をつけたとたん、愛蜜がブチュッと弾けて女体が震える。敏感な反応に気をよくして、二枚の女陰を交互に舐めあげた。

「あッ、あぁッ……そ、そんなところ……」

彩華が両手を伸ばして、秀雄の頭を抱えこむ。女陰をしゃぶられるのが気持ちいいのか、股間をググッと突きあげる。割れ目をねぶりあげれば、彼女の腰に小刻みな震えが走った。

(感じてる……俺の舌で、感じてるんだ)

陰唇をたっぷり舐めまわすと、今度はクリトリスに狙いを定める。唾液と愛蜜を舌先で塗りつけて、柔らかい肉の突起をねちっこく転がした。

「はあああッ、そ、それ、ダメですっ」

彩華の反応が顕著になる。腰をはしたなく上下に弾ませて、内腿で秀雄の顔を挟みこむ。後頭部にまわしこんだ手に力が入り、秀雄の顔を思いきり股間に引き寄せた。

「うむッ」

口も鼻も濡れた女陰に密着して、息をするのもままならない。それでも、欲望にまかせてクリトリスを舐めまわす。

「ああッ、ダ、ダメっ、もうダメですっ、あああッ」

彩華の喘《あえ》ぎ声が切羽つまる。

女体の震えが大きくなり、快感に翻弄されているのは明らかだ。口のなかで硬くなった肉芽をジュルルッと吸いあげた。

「ひあああッ、い、いいっ、あぁあああああッ！」

よがり泣きが響き渡り、女体が大きく仰《の》け反《ぞ》った。秀雄の頭を両手で抱えこんだまま、大量の愛蜜をプシャアアッと噴きあげる。よほど感じたのか、潮を吹きながら絶頂に達したのだ。

女体が硬直してガクガクと痙攣《けいれん》する。

秀雄は硬くなったクリトリスを吸いあげたまま、窒息しそうな息苦しさに耐えていた。惚《ほ》れた女の股間に顔を埋《うず》めて死ぬのなら本望だ。そんなことを本気で考えていた。

5

気を失う寸前、彩華の身体が脱力して解放された。

秀雄は股間から顔をあげると、大きく息を吸いこんだ。彩華の隣で仰向けになり、ハアハアと荒い呼吸をくり返す。

（また、死に損ねたか……）

思わず苦笑が漏れる。

こんなことで本当に死ねるとは思っていない。だが、この数日の経験で、死ぬのも簡単ではないということはわかった。

（それなら、もう一度……）

金を盗んだ以上、罪は償わなければならない。

それでも、物事を前向きに考えられるようになってきた。すべては彩華に出会ったおかげだ。彼女が癒してくれたことで、生きる気力を取り戻した。感謝してもしきれなかった。

隣を見ようとしたとき、彩華が身体を起こす気配がした。

「杉谷さん……」

呼びかけてくる声は艶《なま》めいている。先ほどの絶頂の余韻が、まだ色濃く残っていた。

彩華は仰向けになっている秀雄の股間にまたがった。

両膝を畳につけた騎乗位の体勢だ。そして、屹立《きつりつ》したままのペニスに指を巻きつける。

「うっ……あ、彩華ちゃん」

ささやくような声で言うと、秀雄が答える前に亀頭を膣口《ちつこう》に導いた。

「いいですよね」

腰をゆっくり落としこむ。ペニスの先端が膣口にはまり、少しずつ呑《の》みこまれていくのがわかる。

「あっ……ああっ」

「ううぅッ」

秀雄は快楽の呻きを漏らしながら、夢のような光景を見あげていた。

若くて美しい仲居が、張りのある乳房を揺らしている。秀雄の股間にまたがり、自らペニスを迎え入れてくれたのだ。腰をじわじわと落として、やがてペニスは根元まで完全にはまった。

「お、大きいです……はンンっ」

彩華は両手を秀雄の腹に置くと、腰を前後に振りはじめる。互いの股間が密着した状態で、陰毛を擦り合わせるように動かすのだ。シャリシャリという乾いた音が響き、淫らな気分が盛りあがる。

「き、気持ちいい……すごく気持ちいいよ」

とてもではないが黙っていられない。快感を口に出して伝えると、彼女はうれしそうに微笑んだ。

「うれしい……わたしも、ああンっ、気持ちいいです」

彩華は内腿で秀雄の腰をしっかり挟み、股間をねちっこく擦りつける。下腹部を艶めかしく波打たせて、膣道でペニスを絞りあげた。

「こ、こんなことまで……ううッ」

「杉谷さんの大きいから……わたし、またすぐ……はああンっ」

腰の動きがどんどん速くなる。結合部分から湿った音が響き渡り、彩華の声が甘ったるいものに変化した。

「ああッ、も、もう……ああッ」

「くううッ、あ、彩華ちゃんっ」

膣襞《ひだ》で太幹を擦られて、えも言われぬ快楽が押し寄せる。彼女が腰を振るたびに射精欲がふくらみ、我慢汁がトクトクと溢れ出す。彩華とひとつになれたと思うと、なおさら快感が大きくなった。

「き、気持ちいいっ、ううッ」

自然と股間を突き出して、尻がたたみから浮きあがる。ペニスを深く埋めこんで、亀頭が膣道の行きどまりに到達した。

「あうぅッ、お、奥に届いてます」

彩華の顎が跳ねあがる。深い場所が感じるのか、両膝を立てて足の裏を畳につけると、尻を上下に振りはじめた。

「ああッ、ああッ、い、いいっ、あああッ」

自ら股間を打ちおろすことで、亀頭が女壺の奥をゴツゴツたたく。その刺激でよがり声をあげて、いよいよ絶頂への急坂を昇りはじめた。

「はああああッ、わ、わたし、もう、あああッ」

「おおおッ、す、すごいっ」

秀雄の呻き声も大きくなる。彼女の腰振りが前後動から上下動に変化したことで、ペニスに受ける快感が一気にアップした。

濡れた媚肉《びにく》でニュプニュプとしごかれて、もう我慢汁がとまらない。股間を突きあげたまま、ひたすら快楽を耐えつづける。頭のなかがまっ赤に染まり、昇りつめることしか考えられなくなった。

「あああッ、わ、わたし、はああッ、イ、イキそうですっ」

「お、俺も、もう……くおおおッ」

彩華の喘ぎ声と秀雄の呻き声が交錯する。

射精欲が限界までふくれあがり、もう耐えられないと思ったそのとき、彩華の身体がガクガク震え出した。

「あううッ、も、もうダメっ、イ、イクッ、イクうううッ！」

ついに彩華が絶頂を告げながら昇りつめる。騎乗位で股間を打ちおろし、ペニスをすべて呑みこんだタイミングだ。亀頭を奥まで迎え入れて、女壺全体で太幹を締めつけた。

「おおおッ、で、出るっ、おおおッ、ぬおおおおおおッ！」

秀雄も雄叫《おたけ》びをあげると同時にザーメンを放出する。膣の奥深くに埋めこんだペニスが脈動して、凄まじい勢いで精液が尿道を駆け抜けた。

全身が蕩けそうな快楽に襲われる。頭のなかが沸騰したようになり、股間を突きあげたまま精液をドクドク噴きあげた。両手を伸ばして彼女の腰をグイッと引き寄せる。亀頭をより深い場所に突きこんだ。

「はあああッ、い、いいっ」

彩華は唇の端から涎《よだれ》を垂らしながら喘いでいる。

おそらく、もうなにもわかっていないだろう。昼間の客室で、若い仲居が中年男の股間にまたがって絶頂している。張りのある乳房をタプタプ揺らして、蜜壺でペニスを締めつけているのだ。

そのすべてを窓から差しこむ昼の陽光が照らし出している。これほど淫らな光景があるだろうか。秀雄は蕩けそうな快楽に溺れながら、胸もとに倒れこんでくる彩華をしっかり抱きとめる。

生きているからこそ、彩華と出会うことができた。そして、こんな夢のような体験ができたのだ。

(ありがとう……)

なにかが変わったことを実感して、心のなかでつぶやいた。

第五章　男と女と露天風呂

1

「おはようございます」

広間に行くと、彩華がやけに丁寧に挨拶してくる。

いつもの臙脂《えんじ》色の作務衣を身に着けて、深々と頭をさげた。だが、瞳には親しみがこもっており、口もとには笑みが浮かんでいる。近くに若女将《おかみ》の香奈子がいるので、きちんと振る舞っているのだろう。

「おはよう」

秀雄は何ごともなかったように挨拶する。

普通を心がけたつもりだが、上手《うま》くできただろうか。不器用で嘘《うそ》が苦手なので、自信がなかった。

(それにしても……)

お膳の前に腰をおろしながら、彩華の様子を観察する。

昨日の一件は、ただの勢いではないと考えていいのだろうか。今、思い返しても信じられないほど、夢のような時間だった。

昨夜の夕食のときも、彩華は機嫌よく接してくれた。後悔している様子は微塵《みじん》もなく、むしろ幸せいっぱいという感じだった。そして、今朝も楽しげにしている。ときおり、アイコンタクトを送ってくるので困ってしまう。

近くには香奈子もいるのだ。

仲居に手を出したと知ったら、まずいことになるのではないか。無理やり押し倒したわけではないが、さすがに気まずい。なにしろ、香奈子とも関係を持っているのだ。

秀雄はいずれいなくなるが、彩華が居づらくなるのは申しわけない。それを考えると、香奈子に知られるわけにはいかなかった。

のんびりしているとボロが出そうだ。秀雄は早々に食事を終えて、そそくさと部屋に戻った。

いつものようにテレビとスマホで情報を収集する。

しかし、今朝も河倉事務機の名前はどこにも出ていない。一千万円もの金がなくなったのに、どう考えてもおかしい。

（やっぱり……）

予想が確信に変わっていく。

警察が自分の居場所を特定するのに、これほど時間がかかるはずがない。やはり警察は動いていないのだ。

つまり、会社は被害届を出していないことになる。だからといって、安心はできない。一千万円が消えたのに、放っておくはずがない。おそらく、会社が独自に秀雄を追っているはずだ。

残業しているとき、何度か見かけたやばい連中のことを思い出す。

社長はやつらに秀雄の捜索を依頼しているのではないか。捕まったら、どんな目に遭わされるかわからない。金を返しても許してもらえないだろう。見せしめに拷問された挙げ句、命を奪われるのではないか。

(警察に捕まるほうがましだ……)

いっそのこと自首したほうがいいかもしれない。

罪に問われるのは当然として、少なくとも身の安全は確保できる。死ぬ気がなくなった今、連中に捕らわれるのだけは避けたかった。

(いや、ちょっと待てよ)

そのとき、ふと気がついた。

会社は被害届を出していない。それでも自首は成立するのだろうか。

秀雄が金を盗んだと自ら打ち明けても、会社側がそんな事実はないと否定するかもしれない。そのうえで、秀雄を捕らえて、制裁を加える可能性もあるのではないか。

(ダメだ……)

自首するのは危険すぎる。

警察が逮捕してくれなければ、みすみす会社の連中に捕まりに行くようなものだ。それだけは避けたかった。

結局、破滅するしかないのだろうか。

またしても、気持ちが落ちこんでしまう。しかし、以前のように自殺願望が浮かぶことはない。彩華と出会ったことで、自分のなかで確実になにかが変化していた。

だからといって解決策は見つからない。

会社の動きは怪しいが、すべては秀雄の憶測だ。自分が狙われている証拠はないのだから、警察に訴えたところで相手にしてもらえるはずがない。このまま逃げつづけるしかないのだろうか。

（どうすればいいんだ……）

八方ふさがりの状況で、気持ちが重く沈みこんでいく。

すべてを失って捨て鉢になり、出来心で会社の金を持ち逃げした。さらには自殺を考えるほど思いつめた。

だが、今は違う。暗闇のなかを手探りで進むような状態だが、それでも決してあきらめない。なんとかして出口を見つけ出そうとしている。再び生きる勇気を彩華が与えてくれた。その気持ちに応えたい一心だった。

（でも……）

ひとつだけ懸念していることがある。

会社の金を盗んだことを彩華に話していない。軽蔑されると思って、どうしても打ち明けることができなかった。だが、今になって思う。いずれバレることなので、昨夜のうちに話しておくべきだった。

この先、どうなるのか想像もつかない。

それでも、自ら命を絶つことだけはやめようと心に誓う。ボロ雑巾のように落ちぶれた中年男だが、想《おも》ってくれる女性がいる。その人の気持ちを裏切ることはできなかった。

2

ひとり思い悩んでいるうちに、もうすぐ昼になろうとしていた。

十二時になれば、彩華が昼食を運んでくるはずだ。そのとき、すべてを打ち明けようと思う。普通に考えたら軽蔑されるだろう。しかし、秘密にしておくのは卑怯《ひきょう》な気がした。

（たとえ、嫌われても……）

自分のためにつくしてくれた彼女に嘘はつけない。

正直に話すことが誠意だと思う。それが前向きに生きるということだ。その一歩を踏み出す勇気をくれたのが彩華だった。

「お食事をお持ちしました」

ノックする音につづいて、穏やかな声が聞こえる。

「どうぞ……」

秀雄が声をかけると、襖《ふすま》が静かに開いた。

現れたのは、やはり彩華だ。盆を手にして、微笑を浮かべながら部屋に歩み寄る。秀雄に微笑《ほほえ》みかけて隣で正座をすると、丼やお椀《わん》、漬け物の小皿などを座卓に並べていく。

「今日のお昼ご飯は――」

「彩華ちゃん」

秀雄は正座をして、料理の説明をしようとする彩華の声を遮った。

「話したいことがあるんだ」

緊張のあまり、頬の筋肉がひきつってしまう。

あらたまった様子の秀雄を見て、なにかあると感じたらしい。彩華も隣で姿勢を正した。

「怖い顔して、どうしたんですか？」

不安がこみあげたのだろう。彩華は揺れる瞳を向けて、探るように尋ねる。いつもの微笑は消えていた。

これきりになるかもしれないと思うと恐ろしい。だが、話さないままでいるのは絶対に違う。軽蔑されても罵倒されても、打ち明けるべきだ。秘密を抱えたままでは前に進めない。

「じつは――」

意を決して切り出したときだった。座卓の隅に置いていたスマホが、ふいに振動をはじめた。

（また、あいつか……）

画面をチラリと確認して、思わずため息が漏れる。

着信があった時点で予想はしていたが、やはり黒崎だった。いったい何度目の電話だろうか。

黒崎は総務課に所属している男だ。

以前に勤めていた会社でも総務課にいたとあって、行政書士や社会保険労務士など、さまざまな資格を持っている。そのため河倉事務機で重宝されており、秀雄とは扱いが違っていた。とはいえ、会社のやり方にはいろいろ疑問を持っていたらしい。

じつは黒崎は会社のなかで唯一、秀雄が心を許している同僚だ。同い年ということもあり、自然と言葉を交わす機会が多くなっていた。黒崎も会社への不満をためこんでいたようだ。社内で具体的なことは話せないし、飲みに行く時間もないが、苦楽をともにしてきた同士という意識があった。

そんな黒崎からの着信でも無視するほど、河倉事務機への不信感が強かった。

（きっと、社長が……）

電話をかけるように命令しているのではないか。

黒崎は秀雄と仲がいいため、捕まえるのに協力させられている。そんな疑念をずっと抱いていた。その予想が当たっていれば、秀雄が電話に出たとき、黒崎は嘘をつかなければならない。

そんな黒崎の気持ちを想像するとつらくなる。

だからこそ、黒崎からの電話には出たくなかった。しかし、八方ふさがりの状況に陥っている今、じっとしていても仕方がない。なにが突破口になるかわからなかった。

「ごめん、会社から電話だ。ちょっと出ていいかな」

断りを入れると、彼女は静かにうなずいた。

「はい。では、わたしはこれで……」

気を使って彩華が腰を浮かしかける。

だが、もう秘密にするつもりはないので、聞かれて困ることはない。すべてを話す気になっているので、この機会を逃したくなかった。

「悪いけど待っててほしいんだ。彩華ちゃんに、どうしても話さなくちゃいけないことがあるんだよ」

彼女の瞳をまっすぐ見つめて語りかける。真剣な気持ちが伝わったのか、彩華は再び腰をおろして正座をした。

「もしもし……」

秀雄はスマホの通話ボタンを押すと、警戒しながら語りかける。

「あっ……」

驚きを含んだ小さな声が聞こえた。

「杉谷か？」

黒崎の声に間違いない。なぜか潜めた声で尋ねてくる。しかし、秀雄は警戒するあまり声を出せなかった。

「杉谷なんだな？」

黒崎は確信している様子で語りはじめた。

「おまえ、ずっと無断欠勤してるだろう。上の連中が大騒ぎしてたぞ。なにやってんだよ」

声に焦りが感じられる。相変わらず声のトーンを落としているし、いつもの黒崎ではない。

「今どこにいるんだよ」

そのひと言で一気に疑念がふくれあがる。

社長に命じられたのなら、なんとしても居場所を聞き出そうとするはずだ。やはり命令されて、仕方なく電話をかけていたのではないか。

「こっちは、まずいことになってるんだ。今、どこだよ」

「おまえこそ、どこからかけてるんだ」

秀雄は静かに問いかけた。

先ほどから黒崎の様子は明らかにおかしい。どこか切羽つまった感じで、こそこそ話していた。

「隣に誰かいるんじゃないのか？」

思いきって尋ねる。秀雄の予想が当たっていれば、核心を突いた言葉にたじろぐはずだ。

「は？」

黒崎は意味がわからないといった感じの声をあげる。首をかしげている姿が目に見えるようだ。

「惚《とぼ》けなくてもいい。俺の居場所を探るように言われてるんだろ？」

なおも尋ねるが、黒崎はまったくたじろぐ気配がない。

「そこにテレビはあるか」

「はあ？」

今度は秀雄が首をかしげる番だった。

「黒崎、おまえ、さっきからなにを――」

「いいから、テレビがあるんだったら早くつけろ。どこかで昼のニュースをやってるだろ」

黒崎が早口で告げる。

その声が漏れ聞こえたらしく、彩華がテレビのリモコンを差し出した。秀雄は頭をさげて受け取ると、すぐにテレビをつけてチャンネルをニュースにする。画面に濃紺のスーツを着た男性アナウンサーが映し出された。

「コピー機のレンタリース会社、河倉事務機が、特殊詐欺にかかわっていた容疑で、道警は今日、札幌本社などをいっせいに家宅捜索しました」

そこで見覚えのあるビルの映像が流れる。

札幌市内の繁華街にある河倉事務機の本社ビルに間違いない。再就職してからの五年間、ほぼ毎日ここに通って辛酸を嘗《な》めてきたのだ。忘れたくても忘れられるはずがなかった。

「家宅捜索を受けたのは本社や社長の自宅、取引先の不動産会社、薄野《すすきの》地所など数社です。河倉事務機は社長をはじめとした幹部たちが、数年前から特殊詐欺を行っていたとみて――」

アナウンサーの声が頭のなかで響いている。

秀雄はテレビを見つめたまま、言葉を発することができずにいた。寝耳に水とはこのことだ。たった今、見聞きしたことが信じられない。なにが起きているのか理解できなかった。

「なんだ……これ？」

スマホを握りしめたまま、ようやく言葉を絞り出す。極度の緊張のせいか、喉がカラカラに渇いていた。

「ニュースを見たんだな」

黒崎の声が聞こえる。向こうから見えているはずもないのに、秀雄はこっくりとうなずいた。

「会社の実態は詐欺集団だったんだ。コピー機のレンタリースっていうのは隠れ蓑《みの》で、営業成績なんてどうでもよかったんだよ」

「そ、そんな……」

つぶやく声が震えている。

なにも知らず、五年間、必死に飛びこみ営業をつづけていた。あれは、すべて無駄だったというのか。だが、詐欺集団と聞いて納得する部分もある。それくらい上司たちは危ない雰囲気を漂わせていた。

「薄野地所っていう不動産屋が、暴力団のフロント企業らしいんだけど、そことウチが深い関係にあったみたいなんだ」

黒崎が潜めた声で教えてくれる。

「おまえが無断欠勤をした初日、やけに上の連中がバタバタしてるからおかしいと思ったんだ。納めるはずの金がなくなったとか、なんとか……」

スマホを握る手に汗が滲《にじ》んだ。

その金とは、秀雄が持ち逃げした一千万円のことではないか。今はボストンバッグに入っており、押し入れのいちばん奥に隠してある。

「そのときは、よくわからなかったんだけど、今にして思えば、特殊詐欺で荒稼ぎした金を、暴力団に納めるはずだったんじゃないか。それがなくなって、暴力団から切られたんだよ」

あり得ない話ではない。

実際、秀雄は残業中に胡散《うさん》くさい連中を何度も目撃している。あいつらはどう見ても堅気《かたぎ》ではなかった。

「たぶん、警察と暴力団の間で密約があったんだな。河倉事務機と薄野地所を差し出すことで、暴力団は本丸を守ったんだ」

黒崎の憶測も入りまじっているが、ありそうな話だ。

とにかく、あの金がすべての引き金になっているのは間違いない。詐欺で不当に得た金なので、警察に届けることができなかった。だから、秀雄の持ち逃げは事件化しなかったのだ。

「社内がおかしな空気だったから、警察沙汰になるんじゃないかって思ってたんだ。おまえ、無断欠勤なんかしてると関与を疑われるぞ。　教えてやろうと思って何度も電話したのに、全然、出ないから心配したよ」

「く、黒崎……」

胸に熱いものがこみあげる。

友人からいっさい連絡がないので落ちこんでいた。だが、黒崎はまっ先に電話をかけてくれたのだ。しかも、無視をしても何度も何度もかけ直してくれた。その気持ちがうれしかった。

「まあ、無事ならそれでいいけどさ。で、おまえ、どこにいるんだよ？」

「定山渓……」

本当は裏定山渓だが、この宿は誰にも教えたくない。自分だけの秘密の場所にしておきたかった。

「無断欠勤して温泉かよ。まったく呑気《のんき》だな。とにかく、今すぐ帰ってこい」

「帰らないとダメかな？」

隣で正座をしている彩華をチラリと見やる。まだ、彼女になにも説明していない。もう少し時間が必要だ。

「どうせ、会社はつぶれるんだろ」

「人の話を聞いてなかったのかよ。おまえ、このままだと本当に詐欺グループの仲間だと思われるぞ」

確かに黒崎の言うことも、もっともだ。

秀雄は会社の金を盗んだが、詐欺とはいっさい関係ない。いっしょにされて罪が重くなるのは勘弁だ。

「本当は、こうやって電話をかけてるのもまずいんだ」

黒崎がいっそう声を潜める。

「今も警察が捜査中なんだぞ」

「黒崎……おまえ、どこから電話をかけてるんだ？」

「会社のトイレだよ」

それを聞いて納得する。だから、こそこそ話していたのだ。黒崎は秀雄のことを思って、事前に連絡してくれたのだろう。

「警察が全社員に話を聞いてるんだ。おまえのところにも必ず連絡があるから、疑われたくなかったら無視するんじゃないぞ」

「お、おう……」

「わかったな。絶対だからな」

黒崎は念を押すと電話を切った。

予想外の展開に頭がついていかない。自分が捕まることばかり心配していたが、事態はまったく違う方向に向かっていた。

「さっきのニュース、杉谷さんの会社なんですか?」

彩華が遠慮がちに質問する。

黒崎の声もわずかに聞こえていたようなので、なんとなく会社の状況がわかったのだろう。不安げな瞳で見つめてくる。

「そうなんだよ。なんか、大変なことになってるみたいで……」

そう言ったとき、再びスマホが振動をはじめた。

画面には見知らぬ番号が表示されている。もしかしたら、警察からかかってきたのかもしれない。

「もしもし……」

声がうわずりそうになるのを懸命にこらえて電話に出る。

「わたくし、北海道警察の——」

口調こそ丁寧だが、低くて押しの強い声だ。

男は北海道警察の刑事、脇坂《わきさか》と名乗った。一気に緊張感が高まり、全身の毛穴から汗がどっと噴き出した。

「け、刑事……」

平静を装うつもりが、いきなり言葉につまってしまう。こんなことでは黒崎の言っていたように、疑われてしまうのではないか。

「杉谷秀雄さんですか？」

「そ、そうです」

「河倉事務機にお勤めということで、よろしいですね？」

脇坂の声は淡々としている。

嘘を見抜こうとしているのか、それとも普段からこういうしゃべり方なのかはわからない。冷静に話しかけられるほどに、秀雄の緊張は高まっていく。

「会社が今どのような状況にあるかはご存知ですか？」

「え、ええ……テレビのニュースで……」

「なるほど、ニュースではじめて知ったということですね」

刑事は確認するようにくり返す。隠しごとがあるせいか、些細《ささい》な嘘も見逃さないぞと言われている気がした。

「今日はどうして出勤されなかったのですか？」

重大な局面に差しかかった。ここをどう答えるかで、今後の展開が変わってくるはずだ。

何日も無断欠勤していると言ったら疑われるのではないか。しかし、適当なことを言えば、あとで自分の首を絞める結果になる気もする。

そのとき、彩華と視線が重なった。

祈るような瞳にうっすらと涙が滲んでいる。彼女の前で嘘はつきたくない。そんな思いがこみあげた。

「じ、じつは、会社をさぼってまして……」

「ほほう、仮病でも使ったのですか?」

脇坂がすかさず尋ねてくる。声が鋭さを増した気がした。

「い、いいえ、会社にはなにも言わず――」

「理由をお聞かせ願いたい」

言葉をかぶせるように質問してくる。疑いが強まったのではないか。そんな気がして怖くなった。

「し、仕事が、きつくて……」

声がどんどん小さくなっていく。

そのやり取りを、隣で彩華がじっと聞いている。秀雄は逃げ出したい衝動に駆られながらも正直に答えた。

「いやになって、勝手に休んだんです」

「つまり、無断欠勤ということでいいですか」

「は、はい……」

「わかりました。会社の記録でも、そういうことになっています。事件とは直接関係ないのに、あれこれ聞いてすみません」

脇坂の口調が少しだけ砕《くだ》けたものに変わった。

「お気を悪くなさったのならすみません。捜査の基本でして、関係者全員におうかがいしてることなんですよ。ほかにもいくつか確認事項があるのですが、今、どちらにいらっしゃいますか？」

「定山渓です」

「ほう、温泉ですか。いいですな。こちらには、いつお戻りになりますか。できれば早いほうが助かるんですが」

柔らかい話し方になっているが、押しの強さは消えていない。

刑事の勘で、なにか怪しいと感じているのではないか。まだ気を抜くことはできない。秀雄は数秒の間に懸命に頭を働かせた。

「今日……帰ります」

言葉を選びながら慎重につぶやいた。

時間を置けば置くほど怪しまれそうだ。やってもいない詐欺の疑いをかけられたくない。ここは少しでも早く出頭するべきだろう。

「では、まっすぐ警察署に来ていただけますか。時間はそうですね、午後三時がいいでしょう」

脇坂はどんどん話を進めていく。

本当に大丈夫だろうか。すべては刑事の罠《わな》で、札幌に戻ったとたん、逮捕されるのではないか。そんな不安がこみあげる。

（いや、そもそも、俺は金を盗んだんだ。その罪は償わないと……）

そう思うが、あらためて考えると恐ろしい。収監されることではなく、彩華に会えなくなることがつらかった。

「じゃあ、よろしく」

脇坂はそう言って、一方的に電話を切った。

隣では彩華が正座をしたまま悲しげな顔をしている。漏れ聞こえた脇坂の声と会話の雰囲気で、尋常ではない状況が伝わっているだろう。秀雄はスマホを握りしめたまま、肩をがっくり落とした。

ふたりとも口を開かない。

別れの予感が男と女を無口にする。ただ息がつまるような重い沈黙だけが流れていた。

――すぐに戻るよ。

なにもなければ、そう言うことができる。

だが、秀雄はしばらく帰ってくることができないかもしれない。そんな軽々しいことは言えなかった。

「帰ってしまうのですね」

彩華がぽつりとつぶやいた。

再び沈黙が訪れる。頭になにも浮かばない。だが、今度こそ自分から話しかけるべきだ。

「もしかしたら、しばらく――」

「待ってます」

彩華が秀雄の言葉を遮った。

「ずっと待ってます。だから……」

澄んだ瞳にみるみる涙がたまっていく。そして、ついに溢れて頰を濡《ぬ》らしながら転がり落ちた。

「戻ってくる。時間はかかるかもしれないけど、必ず……」

秀雄は力強く言いきった。思わずもらい泣きしそうになり、ギリギリのところでなんとかこらえた。

「彩華ちゃんに大事な話があったんだ」

「刑事さんに会わないといけないいんですよね。大事なお話は、戻ってきたときに聞かせてください」

彩華がやさしく語りかけてくれる。

確かに時間がない。脇坂は午後三時と言っていた。すでに十二時をまわっているので、すぐに向かわなければ間に合わない。

「約束ですよ」

「絶対だ。約束する」

その言葉は自分自身に向けたものでもある。

必ずここに戻ると約束した。しばらく先になるかもしれないが、彩華はきっと待っていてくれる。

「じゃあ、行くよ」

覚悟を決めた秀雄の言葉に、彩華はこっくりうなずいた。

3

年が明けて一月になっていた。

秀雄は約一カ月ぶりに温泉宿「さん宮」に向かっている。

旅行ガイドに出ておらず、インターネットで検索しても情報がいっさい出てこない秘湯中の秘湯だ。今の時代、これほど情報を伏せておくのはむずかしい。あの数日間は夢だったのではないかと思えてくる。

それでも記憶をたどって山道を進むと、あの湖が見えてきた。

やはり記憶は正しかった。そう思うと気持ちがはやる。

さらに雪が積もった細い山道を慎重に歩いていく。やがて森が開けて平屋の建物が現れた。

瓦屋根に白い漆喰《しっくい》の壁、それに硫黄の匂いが懐かしい。前回と違って周囲は雪でまっ白だ。昼の陽光が降り注ぎ、雪がキラキラと眩《まばゆ》く輝いている。目が痛くなるほどで、秀雄は思わず空を見あげた。

(戻ってきたんだ……)

さまざまな思いが胸にこみあげる。

想像していたより、ずっと早く戻ることができた。最悪の場合、収監されることも覚悟していたので、喜びはより大きかった。

前回は飛びこみで宿泊させてもらったが、今回はしっかり事前に連絡を入れてある。年末年始の繁忙期をすぎて、少し落ち着いているという。予約の電話をしたとき、応対してくれたのは香奈子だった。

(喜んでくれるといいんだが……)

不安がまったくないといえば嘘になる。

じつは彼女には、まだなにも伝えていない。サプライズのつもりだったが、いざそのときが迫ると不安になってきた。

なにしろ、彼女は十五も年下で、しかも若くて美しい。この一カ月の間に、新たな出会いがあったとしてもおかしくなかった。

会えない間、あえて連絡を取らずにいた。

すべてが解決して、今後の見通しが立つまで、自分を甘やかさないと心に誓った。彼女の声を聞けば会いたくなってしまう。だから、いっさいの連絡を絶ってきたのだ。

意を決して引き戸を開けると、宿のなかに足を踏み入れる。

「こんにちは……」

声をかけると、廊下の奥からひとりの女性が現れた。

臙脂色の作務衣を着た仲居だ。彼女は秀雄の姿に気づくと、歩調をゆるめて口もとを手で覆った。

「う、嘘……どうして……」

見開いた瞳に涙が盛りあがっていく。そして、ついに真珠のような涙がポロポロとこぼれ落ちた。

「ただいま……彩華ちゃん」

秀雄もこみあげるものを感じながら声をかける。

「お、お帰りなさい」

彩華は涙を流しながら答えてくれた。

もう、それ以上、言葉にならない。秀雄は歩み寄ると、肩を震わせている彼女の身体《からだ》をしっかり抱きしめた。

彩華も両手を背中にまわしてくれる。こうして強く抱き合い、互いの体温を感じることで、戻ってきたことを実感した。


前回と同じ「雪の間」に通された。

この日、ほかに宿泊客はないという。それは、つまり彩華を独り占めできるということだ。

しかも、香奈子が気を使ってくれたという。

「今日はもう仕事はいいから、杉谷さまのところでゆっくりしなさい」

そう声をかけてくれたというから驚きだ。

ふたりの仲は秘密にしていたが、香奈子はすべて見抜いていたらしい。さすがは若女将だ。彼女の前で隠しごとはできそうにない。

「晩ご飯まで時間がありますけど、どうされますか？」

彩華が隣で正座をして、楽しげに語りかけてくる。

だが、秀雄はまだ手放しで喜べずにいた。彼女に話していないことがある。それを包み隠さず伝えるまで、安心はできなかった。

「いろいろ話したいことがあるんだ。戻ったら話すって約束しただろ」

秀雄は座卓の前で正座をする。そして、彩華の瞳をまっすぐ見つめた。

すべてを打ち明けたときの反応を考えると怖くなる。だが、避けては通れない道だ。

「杉谷さんが、話したくないのなら……」

「いや、知っておいてほしいんだ。俺のこと……俺がやったことを全部……」

決意をこめて語りかける。その気持ちが伝わったのか、彩華は真剣な表情でうなずいた。

再就職先がブラック企業で、妻と離婚したところまでは話してある。問題なのはそこから先だ。

「じつは……会社の金を持ち逃げしたんだ」

思いきって切り出した。

彩華は表情を変えずに聞いている。ある程度は覚悟していたのか、今のところ動じた様子はない。おかげで、秀雄もつまることなく、そこから一気に話すことができた。

出来心で社長室の金庫から一千万円を持ち帰った。しかし、アパートに帰ってから怖くなり、行く当てもなく逃げ出した。そして、あの湖の畔《ほとり》に立ちすくんでいたところ、彩華に声をかけられた。

「それで、あんなに暗い顔をされていたのですね」

ようやく腑《ふ》に落ちたらしい。彩華は大きくうなずいた。

「そういうことなんだ。投げやりになっていて、死ぬことばかり考えていた。でも、彩華ちゃんと出会ったことで、前向きになれたんだ。それで、警察に自首しようか考えていたとき——」

秀雄は当時を思い出しながら語りつづける。

会社が詐欺を働いていたことを知ったときは、信じられない気持ちと、妙に納得する気持ちが入りまじっていた。そして、一千万円がなくなったのに、会社が警察に届けていない理由もわかった。詐欺で稼いだ金なので、警察を頼るわけにはいかなかったのだ。

そして、秀雄は北海道警察の脇坂という刑事に呼び出された。

会社の関係者に話を聞くという名目だったが、秀雄のことを怪しんでいるのは明らかだった。

「杉谷さん、なにか話したいことはないですか？」

いろいろ質問されて、ひととおり話したあとのことだ。突然、脇坂は身を乗り出して尋ねてきた。

刑事ドラマでよく観《み》る取調室だった。スチール机と折りたたみの椅子だけしかない殺風景な部屋だ。そんなところで厳《いか》めしい中年刑事に質問されるのは、かなりのプレッシャーだ。以前の秀雄なら、洗いざらい話していただろう。だが、あの日は違っていた。

じつは警察に行く前に、黒崎に会ったのだ。そして、彼にすべてを打ち明けて相談した。黒崎はすでに脇坂からいろいろ聞かれたあとで、彼なりに状況を分析ずみだった。

おそらく会社側は、一千万円がなくなったことを警察に話していない。詐欺で得た金額や被害者の人数は、刑の重さにかかわってくる。わざわざ自分たちから刑を重くすることを言うはずがない。

そして、会社の連中は、なにやら一触即発の雰囲気だったという。仲間の誰かが金を盗んだと思っているらしい。虫けらのような秀雄が無断欠勤をしたところで、まるで気にしていなかったのだろう。

その結果、秀雄が盗んだ一千万円は宙に浮いた。

だからといって、もらっていいわけではない。詐欺で集められた金なのだから被害者がいる。しかし、被害者を特定する術《すべ》はなかった。そこで、詐欺被害者の支援団体に寄付することを思いついた。

それなら秀雄の良心も痛まない。はじめは出来心で盗んだが、会社が詐欺で不当に得た金を有効に使えると考えた。

それらを決めたあとに脇坂に会ったので、なにも話すことなく耐えられた。

「あんた、なんか隠してるだろ。何年も刑事をやってると、わかるんだよ。隠しごとをしてるやつってのは」

脇坂はそう言ったあと、あきらめたように笑った。

「あと絶対にしゃべらないやつもわかる。芯が通った目つきをしてるんだ。たいていは極道だよ。あんたは絶対しゃべらない種類の人間だ」

「俺は、極道じゃないですよ」

「わかってる。あんたは堅気だ。でも、なにか信じてるものがあるんだろ。だから、しゃべらずにいられるんだ」

そう言われたとき、即座に彩華の顔が浮かんだ。

ようやく解放されて警察署を出ると、気が抜けて座りこみそうになった。なんとか疑いが晴れてほっとした。

だが、そこからまた忙しい日々がはじまった。金を匿名で寄付して、就職活動を開始したのだ。彩華に会いに行くのは、仕事を見つけてからと決めていた。今度はまっとうな社会人として、大切な人に会いたかった。

年末、ようやく小さな商社に採用が決まった。年明けから仕事もはじまっている。慣れないことばかりで大変だが、なんとかがんばっている。心に信じるものがあるので、きっと乗りきれるだろう。

「そんな感じなんだ……呆《あき》れたかい？」

不安になって尋ねると、彼女は首を小さく左右に振った。

「ううん。やっぱり、杉谷さんはいい人でした。話してくれて、ありがとうございます」

彩華の瞳が潤んでいる。視線が重なると、それだけで胸の鼓動が速くなった。

「会いたかったです」

「お、俺も……」

彼女の気持ちが伝わってくるから、秀雄も昂《たかぶ》ってしまう。思わず声がうわずり、苦笑を漏らした。

「信じて待っていてよかった」

彩華はそう言ってキスをする。チュッと触れたかと思うと、いきなり舌を沈みこませた。

こうして口づけを交わせる日が来るとは夢のようだ。いろいろあって大変だったが、ようやく人生の幸せを見つけた気がした。

「今はなにもないけど、いつか彩華ちゃんと暮らしたいんだ」

思いきって口にする。

これまでは年の差や仕事のことなどもあり、しっかり気持ちを伝えることができなかった。でも、今なら胸を張って言える。

「彩華ちゃん、好きです」

顔が熱くなり、赤くなっているのを自覚する。それでも、彼女の瞳をまっすぐ見つめた。

「うれしいです。わたしも……秀雄さんのことが好き」

彩華が名前で呼んでくれる。一気に距離が縮まった気がして、秀雄は胸がいっぱいになるのを感じた。

「風呂……入らないか」

今日、山道を歩きながら考えていたことを口にする。

「歩いてきたから、体が冷えてるんだ。よかったら、いっしょにどうかな？」

「うん……」

彩華は頰を赤らめて、小さな声でつぶやいた。

4

「また、こうして露天風呂に入れるなんて最高だよ」

秀雄は感慨深い気持ちで、肩まで湯に浸《つ》かった。

部屋についている専用の露天風呂だ。周囲を竹垣に囲まれており、岩風呂が設置されている。まだ外は明るいが、まっ昼間の露天風呂というのも贅沢《ぜいたく》な感じがしていいものだ。

なにより、隣には愛する女性がいる。チラリと見やれば、瑞々《みずみず》しい女体が湯のなかで揺れていた。

「恥ずかしいです」

彩華が頰をぽっと赤らめる。

髪を結いあげて、ゴムでとめた状態だ。白いうなじと首すじが剝《む》き出しになっているのが色っぽい。湯のなかで乳房と股間を覆い隠す仕草も、かえって牡《おす》の欲望を煽《あお》っていた。

「もっと近くにおいでよ」

右手を肩にまわして引き寄せる。すると、彼女はまったく抵抗せず、秀雄に身体をあずけた。

肩を抱いた手を胸もとにおろしていく。湯のなかでたっぷりした乳房に重ねると、そっと指をめりこませた。

「ンンっ……」

彩華の唇から微《かす》かな声が漏れる。

顔をうつむかせているだけで抵抗しない。だから、乳首をやさしく摘《つ》まんで転がした。

「ああンっ」

今度は喘《あえ》ぎ声が溢《あふ》れ出す。湯のなかで伸ばした脚をもじもじさせて、内腿《うちもも》を擦り合わせた。

「もう、硬くなってきたよ」

耳もとでささやけば、彩華は恥ずかしげに腰をよじる。そして、反撃とばかりに秀雄の股間に手を伸ばした。

「あっ……秀雄さんも硬くなってる」

太幹に指を巻きつけると、さっそくしごきはじめる。

「お、おい、いきなり……」

「どうして、こんなに硬くなってるんですか？」

今度は彩華が耳もとでささやく番だ。耳たぶを口に含み、前歯でウニウニと甘《あま》噛《が》みした。

「ううっ……そ、それは、彩華ちゃんといっしょだから……」

「わたしといっしょにいると、ここが硬くなっちゃうんですか？」

話しかける間も、湯のなかでペニスを擦っている。ますます硬くなり、亀頭はこれでもかと張りつめた。

「おっぱいに触ったから……」

そう言って、乳首をキュッと少し強く摘まんだ。

「あンっ、ダメです」

湯のなかで女体が小さく跳ねる。強い刺激を受けて、乳首はますます硬くとがり勃《た》った。

「こっちはどうかな？」

右手で乳首を刺激しつつ、左手を股間に伸ばしていく。

ワカメのように揺れる陰毛を撫《な》でてから、内腿の間に指を潜りこませる。そして、女の割れ目に指の腹を密着させた。

「ああンっ」

またしても彩華の唇から甘い声が溢れ出す。

彼女の股間は、湯とは別のもので濡れている。明らかにとろみがあり、しかも二枚の女陰は溶けそうなほど柔らかくなっていた。

「乳首と違って、こっちはずいぶんトロトロじゃないか」

指先で軽く撫であげれば、彩華の身体は湯のなかで仰《の》け反《ぞ》った。

「はンンっ、そ、そこは……」

「ここが感じるんだね」

そのまま陰唇の狭間《はざま》に中指を埋めこんでいく。準備が整っている女壺は、秀雄の指をあっさり受け入れた。

「あンっ、露天風呂でこんなこと……」

「露天風呂だから興奮するんだろ」

乳首と女壺を同時に刺激する。さらに唇を奪って舌を入れると、甘い口内を舐《な》めまわした。

「あふっ……はふンっ」

彩華は眉を困ったように歪《ゆが》めて感じている。女体が小刻みに震えて、内腿で秀雄の手を挟みこんだ。

「指を締めつけてるぞ」

中指をゆっくり出し入れすれば、彼女の身悶《みもだ》えが大きくなる。浴槽に湯が大きく揺れて、縁からザブザブと溢れ出した。

「も、もう、ダメ……秀雄さんのコレがほしい」

彩華はペニスにまわしたままの指に力をこめる。そして、カリ首をキュッと締めつけた。

「くうッ……よし、このまま挿《い》れてやる」

「えっ、ここで？」

「そのほうが興奮するだろ」

当たり前のように答えれば、彼女の顔が赤く染まる。

肯定も否定もしないのは、心のなかでは望んでいる証拠だ。羞恥が邪魔をしているだけで、本当は今すぐつながりたいと思っている。その証拠にペニスをにぎる指には力がこもっていた。

秀雄は彩華といっしょに立ちあがる。

そして、女体を後ろ向きにすると、浴槽を形作っている岩のひとつに手をつかせた。ちょうど腰を九十度に折り、尻を後方に突き出す格好だ。

「こんなの……恥ずかしいです」

「恥ずかしいのが、いいんだろ」

秀雄は彼女の背後にまわりこみ、尻たぶをグッと割り開く。すると、湯と愛蜜で濡れ光る陰唇が剝き出しになった。

男の獣欲をこれほどそそる光景はない。欲望を極限まで煽り、あり得ないほど奮い立たせる。それと同時に男を癒し、慰めて、やさしく包みこむのも、この女の穴なのだ。

(俺は、本気で彩華ちゃんのことが……)

愛《いと》おしくてたまらない。ずっと会いたくて会いたくてたまらなかった。

彩華のことを考えるだけで胸がせつなくなり、涙が溢れそうになっていた。ようやく会えたのに、その熱い想いを伝える術がない。言葉にすると陳腐なものになりそうで、秀雄は己のペニスを無言のまま女壺に突き立てた。

「あああぁッ！」

背中が反り返り、彩華の唇から喘ぎ声がほとばしる。尻たぶがブルルッと震えて、いきなりペニスを締めつけた。

「くううッ」

秀雄も呻《うめ》き声を漏らし、彼女のくびれた腰を強くつかむ。だが、休むことなくペニスをズブズブと埋めこんだ。

「あううッ、お、奥まで……」

根元まで挿入すると、彩華が濡れた瞳で振り返る。秀雄は顔を寄せて、すぐさま唇を奪った。

露天風呂のなかで立ちバックでつながりながら、濃厚なディープキスを交わしている。舌を深くからませるほど興奮が大きくなり、腰が自然と動き出す。ペニスをヌルヌル出し入れすると、膣口《ちっこう》が動きに合わせて収縮した。

「こ、これは……」

快感に耐えながら、唇を離して白いうなじにむしゃぶりつく。なめらかな肌をしゃぶりつつ、腰を微かに揺らして、膣道に埋まっているペニスをほんの少しだけ動かした。

「あンっ……こ、擦れちゃいます」

彩華が困ったような顔で見つめてくる。

だが、腰をくねらせて、膣ではペニスを締めつけていた。明るい日の光が降り注ぐなか、明らかに感じている。露天風呂が開放的にさせているのか、女体はわかりやすく反応していた。

「彩華ちゃんのなか、ウネウネしてるぞ」

「いやンっ、言わないでください」

羞恥の言葉を漏らすと同時に女壺が反応する。またしても膣口が締まり、太幹に食いこんだ。

「ううッ……す、すごい」

快感の波が押し寄せて、欲望がどんどんふくれあがる。じっとしていることができず、ついに本格的なピストンを開始した。

「あッ……あッ……」

すぐに彩華も甘い声をあげて腰をよじる。亀頭が奥に到達するたび、尻たぶがブルッ、ブルルッと痙攣《けいれん》した。

「これがいいんだな」

力強く肉柱を打ちこみ、意識的に膣道の深い場所を刺激する。行きどまりをコツコツたたけば、女体の悶え方が激しくなった。

「ああああッ、い、いいっ、はあああッ」

湯に濡れた背中が弓なりに反り返る。

ペニスの出し入れに合わせて、女壺がどんどん締まっていく。すると、カリが膣壁をえぐることになり、彼女の反応はさらに顕著になった。

「ああッ、あああっ、ダ、ダメですっ、もっとゆっくり」

「くううッ、も、もうとめられないよ」

快感が次から次へと押し寄せて、抽送を中断することなど考えられない。もう昇りつめることしか考えられず、秀雄は彼女の背中に覆いかぶさった。

「おおおッ……おおおおッ」

両手をまわしこんで乳房を揉《も》みながら、股間を勢いよくぶつけていく。肉柱を深い場所まで埋めこみ、亀頭で子宮口をたたきまくった。

「あンッ、お、奥っ、あああッ」

女体の震えが大きくなる。足もとの湯が、ピストンの激しさを物語るようにチャプチャプ揺れた。

「ぬううッ、も、もうっ……」

「ああッ、ああッ、ひ、秀雄さんっ」

秀雄が唸《うな》れば、彩華も潤んだ瞳で振り返る。

絶頂が迫っているのは間違いない。このまま一気に昇りつめるつもりで、腰をガンガン打ちつける。ペニスを高速で出し入れして、亀頭を蜜壺の深い場所まで送りこんだ。

「ああッ、い、いいっ、すごくいいですっ」

彩華の声がいっそう艶《なま》めいていく。くびれた腰をくねらせて、両手で岩に爪を立てた。

「おおおッ、お、俺も、気持ちいいぞっ」

秀雄も唸り声を響かせる。ギヤをさらにあげて、全身全霊をこめてペニスを抜き差しした。

「あああッ、もうダメっ、イクッ、イクイクッ、あぁあああああッ!」

ついに彩華の唇からアクメのよがり泣きがほとばしる。背中がググッと反り返り、尻をさらに突き出して痙攣した。

「おおおおッ、す、すごいっ、おおおッ、ぬおおおおおおおおッ！」

彼女の絶頂に巻きこまれて、秀雄も精液をぶちまける。熱い媚肉《びにく》のなかでペニスが暴れまわり、先端から勢いよく粘液が噴き出した。

射精中も腰を振りつづけることで、快感が二倍にも三倍にもふくれあがる。倒れそうになる彼女をささえて、股間を勢いよくぶつけていく。脈動する肉柱を何度も打ちこみ、未知の領域にまで踏みこんだ。

「あああッ、も、もうっ、はああああああッ！」

「くおおおッ、おおおおおおッ！」

ふたりの声が交錯して、露天風呂に響き渡る。

快楽を共有することで、ますます絆《きずな》が深まっていく。ふたりは腰を振り合いながら、またしても唇を重ねていた。

このまま離れたくない。ずっとつながったまま、快楽に溺れていたい。

そんな思いがこみあげる。しかし、やがてペニスは力を失って、女壺から抜け落ちてしまう。ぽっかり開いた膣口から、大量に注ぎこんだ白濁液が愛蜜とともに逆流する。トロトロと湯船に落ちていく様子を、秀雄は呼吸を乱しながら見つめていた。

「もう……いきなり激しすぎます」

彩華が拗《す》ねたようにつぶやいた。

隣で湯船に浸かり、顔をまっ赤に染めあげている。我に返ったことで、羞恥がこみあげてきたらしい。

「声、聞こえちゃったかも……」

露天風呂で喘いだため、誰かに聞かれたかもしれないと気にしていた。

「ほかにお客さんはいないんだよね」

「そうですけど……」

「じゃあ、大丈夫だろ」

秀雄はあまり気にしていない。それどころか、若い彼女と愛し合っていることを自慢したいくらいだ。

「でも、香奈子さんはいるんですよ」

「あっ……」

さすがにそれはまずい気がする。だが、もう終わってしまったことだ。後悔しても仕方がなかった。

「今度は山の奥で、やってみるか」

「もうっ、なんで外なんですか」

彩華が腕をパシッとたたいてくる。だが、甘くにらんでくる瞳には、期待の色が滲んでいた。

「休みのたびに来るよ」

「そんなの無理ですよ。ウチ、高いんですから」

確かに彼女の言うとおりだ。

さん宮は一日三組限定の高級温泉宿である。再就職したばかりの秀雄が、そうそう泊まることのできる旅館ではなかった。

「わたしが秀雄さんのアパートに遊びに行きます」

彩華が瞳を輝かせる。それはうれしい提案だった。

「じゃあ、大掃除をしておかないとな」

「ふふっ、いっしょにやりましょう」

そんな他愛もないやり取りが楽しい。心の底から幸せを感じて、秀雄は彼女の肩を抱き寄せた。

「ずっと、いっしょにいてくださいね」

「ああ、もちろんだ」

この夢のような時間を失いたくない。人生の再出発を切った今、身も心もかつてないほど充実していた。

本書は書き下ろしです。

実業之日本社文庫　最新刊

赤川次郎
花嫁は歌わない
亜由美の親友・久恵が、結婚目前に自殺した。殿永刑事から、ある殺人事件と自殺の原因が関係していると聞いた亜由美は、真相究明に乗り出していくが……。
あ1 22

加藤元
カスタード
街の片隅に佇むお弁当屋。そこを訪れるのは、心の奥底に後悔を抱えた人々。ささやかな「奇跡」が、彼らを心の迷宮から救い…。ラスト、切ない真実に涙！
か10 1

今野敏
終極　潜入捜査〈新装版〉
不法投棄を繰り返す産廃業者は、テロ・ネットワークの中心だった。元マル暴刑事が、拳ひとつで環境犯罪に立ち向かう熱きシリーズ最終弾！（対談・関口苑生）
こ2 19

汐見夏衛
臆病な僕らは今日も震えながら
生きる希望のない孤独な少女には、繰り返し夢に現れる「ある風景」があった。そこに隠された運命とは⁉　汐見夏衛史上、最も切なく温かい「命と再生」の物語！
し8 1

似鳥鶏
名探偵誕生
神様、どうか彼女に幸福を――僕が事件に出会うたびに助けてくれたのは、隣に住む名探偵だった。精緻なミステリと瑞々しい青春が高純度で結晶した傑作。
に9 1